DIE KRIEGSGESCHICHTE
EINES KLEINEN MÄDCHENS

02

TANYA
THE EVIL

MNGA: CHIKA TOJO, ORIGINAL: CARLO ZEN,
CHARAKTERDESIGN: SHINOBU SHINOTSUKI

DIE KRIEGSGESCHICHTE EINES KLEINEN MÄDCHENS

ZWEITER BAND

Manga: Chika TOJO, Original: Carlo Zen,
Characterdesign: Shinobu SHINOTSUKI

SIEBTE
ANGRIFFS-
BRIGADE, 205.
ANGRIFFS-
MAGIER-
KOMPANIE.

DIE MOBILE
ABWEHR UNTER
BEFEHL DES WESTLI-
CHEN HAUPTQUAR-
TIERS DER KAISER-
LICHEN ARMEE.

MEIN
ERSTER EIN-
DRUCK VON
LEUTNANT
TANYA DE-
GURECHAFF
WAR...

... SIE
IST EINE
MIESE BLUT-
SAUGERIN.

DIE KRIEGSGESCHICHTE
EINES KLEINEN MÄDCHENS
KAPITEL. 04

IHR BLICK GLICH
EINER KATZE, DIE
IN UNS REKRUTEN
MÄUSE ZUM SPIE-
LEN GEFUNDEN
HATTE.

DESWEGEN TRENNT MAN SIE VON BEGINN AN.

WEHRPFLICHTIGER
KADETTENSCHULE BATAILLON D

FREIWILLIGER
KADETTENSCHULE BATAILLON C

FREIWILLIGE UND WEHRPFLICHTIGE SIND AUS UNTERSCHIEDLICHEM HOLZ GESCHNITZT.

DIE STRUKTUR EINER KADETTENSCHULE IST SIMPEL.

ICH BIN UNTEROFFIZIER HARALD VON WISST, AUCH VON DER IDAR-STEIN-KADETTENSCHULE, BATAILLON C, ERSTE KOMPANIE.

... VON DER IDAR-STEIN-KADETTENSCHULE, BATAILLON C, ERSTE KOMPANIE.

ICH BIN UNTEROFFIZIER KRUST VON BALLHOFF ...

BATAILLON C BESTEHT AUS ZUKÜNFTIGEN OFFIZIEREN.

ICH WÜRDE AM LIEBSTEN ABHAUEN.

MEIN BATAILLON D AUS ZWANGSREKRUTIERTEN.

POCH

ICH BIN UNTEROFFIZIERIN VIKTORIA IVANOVNA SEREBRYAKOV...

... VON DER IDAR-STEIN-KADETTENSCHULE, BATAILLON D, DRITTE KOMPANIE.

IN DER REGEL ARBEITEN KADETTEN, DIE SICH SCHON KENNEN, ZUSAMMEN.

ALS EINZIGE WEHRPFLICHTIGE IN DIESEM ZUG WIRD MAN MICH DER ZUGFÜHRERIN ZUTEILEN.

ICH HOFFE, SIE STEMPELT MICH NICHT ALS NICHTSNUTZ AB.

PATSCH

SIE HABEN MEINEN GRÖSSTEN RESPEKT FÜR IHRE DIENSTE...

... UNTEROFFIZIER SEREBRYAKOV.

DIE RHEINWACHE II

DIE KRIEGSGESCHICHTE
EINES KLEINEN MÄDCHENS
KAPITEL: 04

GLOOOOOTZ
シ丅丅丅…

KEUCH

LOS. BE-
WEGUNG!

GUT,
LEUTNANT.
GEHEN SIE IN
STELLUNG UND
BLEIBEN SIE IN
ALARMBEREIT-
SCHAFT.

DAS IST
ALLES.

JAWOHL...

ÜBERPRÜFT
EURE AUS-
RÜSTUNG UND
VERSAMMELT
EUCH UNVER-
ZÜGLICH IM
WAFFENLA-
GER.

WIR KÖNNEN
UNSERE KAME-
RADSCHAFT AUF
EINEM SPAZIER-
GANG DORTHIN
VERTIEFEN.

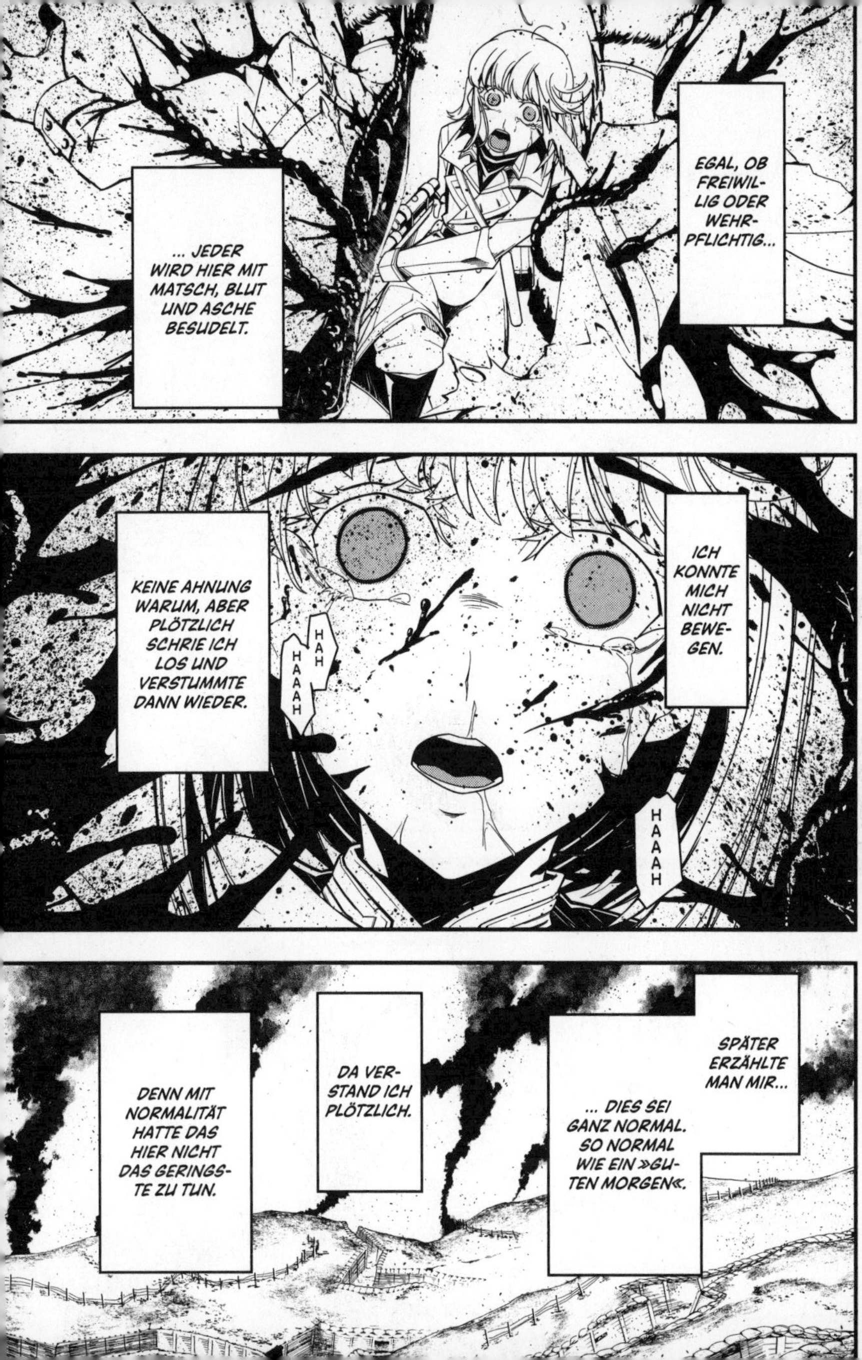

KRIEG IST AUS GUTEM GRUND SO SCHRECKLICH.

ANSONSTEN WÜRDEN WIR IHN ZU SEHR GENIESSEN.

JA...

...JA-WOHL!

UNTEROFFIZIER SEREBRYAKOV...

...AB MORGEN SIND SIE MEIN KATSCHMAREK*.

* KATSCHMAREK = MILITÄRJARGON FÜR „FLÜGELMANN".

AUF DEN ERSTEN BLICK WIRKT SIE KALT, ABER EIGENTLICH HAT SIE EIN GUTES HERZ.

...UND IST KEINE ERNSTHAFTE KONKURRENZ FÜR MICH.

SIE TAUGT ALS SCHUTZSCHILD...

NACH DIESEM KURZEN KAMPFEINSATZ...

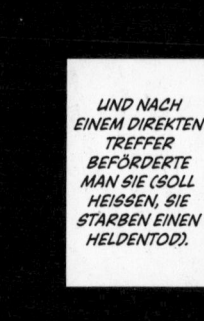

UND NACH EINEM DIREKTEN TREFFER BEFÖRDERTE MAN SIE (SOLL HEISSEN, SIE STARBEN EINEN HELDENTOD).

SIE GINGEN ALS RESERVE FÜR GEGENANGRIFFE IN EINEN BUNKER.

... STATIONIERTE MAN MEINE ZWEI KAMERADEN AN EINEM HINTEREN POSTEN, DA SIE SICH GEGEN LEUTNANT DEGURECHAFF AUFLEHNTEN.

DAHER SOLL NUN DIE 205. KAMPFMAGIER-KOMPANIE DIE EINDRINGLINGE VON DER FLANKE AUS ATTACKIEREN.

UNTERSTÜTZT VON DER REPUBLIKANISCHEN ARTILLERIEEINHEIT HAT DER FEIND UNSERE LINIEN DURCHBROCHEN.

REISSEN SIE SICH ZUSAMMEN. SIE SIND MEIN KATSCHMAREK.

JA...

... JAWOHL!!

WAS MACHEN SIE DA, UNTEROFFIZIER SEREBRYAKOV?

WÄHREND WIR UNTER BESCHUSS STEHEN??

VIELLEICHT MACHT SIE IHN AUS EINEM PFLICHTGEFÜHL HERAUS.

ERYA HATTE JA BEHAUPTET, ES SEI EIN LOCKERER JOB.

DESHALB IST DER ARTILLERIE-AUSSPÄHER SO WICHTIG.

UUUH...

SEUFZ UuuUy...

IMMER NOCH EINE PRAKTIKANTIN AUF DEM SCHLACHTFELD, NICHT WAHR, UNTEROFFIZIERIN?

... WIR SIND MEINETWEGEN ZU SPÄT.

WI...

ENTSCHULDIGEN SIE OBERLEUTNANT.

SIE SIND SPÄT DRAN, LEUTNANT.

ERRICHTEN EINEN BRÜCKENKOPF IN EINEM VERLASSENEN SCHÜTZENGRABEN.

WAS TREIBEN UNSERE FEINDE?

WENN SIE IHRE FELDARTILLERIE MITBRINGEN, WIRD'S LÄSTIG.

DIE ANSPANNUNG DER KAMERADEN IST DEUTLICH SPÜRBAR.

GRUSELIG.

... LÄCHELT SOGAR JETZT NOCH.

NUR LEUTNANT DEGURECHAFF ...

DIE ZERSTÖRTE FEINDLICHE INFANTERIE RÄUMEN, ZIEMLICH EASY. HEUT IST EIN GUTER TAG FÜR KRIEG.

NICHT ANSPANNEN, NICHT ANSPANNEN! TIEF EINATMEN.

DOMM

DÓDOMM

BOKA

KAWOOOMM

HAPPS

HAPPS

DOMM

OBER-
LEUTNANT
SCHWARZKOPF,
ICH BIN FROH,
NICHT SO
EINE GROSSE
ZIELSCHEIBE
ZU SEIN.

WENN SIE
AUCH BEIM
ESSEN SO
WÄHLERISCH
SIND, WER-
DEN SIE NIE
WACHSEN.

LEUT-
NANT.

MACHEN
WIR UNS
AN DIE
ARBEIT.

WENN
ES BLOSS
IMMER SO
EINFACH
WÄRE.

KICHER

PFFT

KICHER

KICHER

AUF
GEHT'S.

LASST
EUCH NICHT
VON DER
WÄHLERI-
SCHEN
DEGURE-
CHAFF...

WOPPA

DAS WAR
DER ÜBERZEU-
GENDSTE GRUND,
WÄHLERISCH ZU
SEIN, DEN ICH JE
GEHÖRT HABE.

GUT
GESAGT,
LEUT-
NANT.

FLUFF

... DIE
BESTEN
STÜCKE
WEG-
SCHNAP-
PEN!

DOMM

DODOMM

MAN SOLLTE DAS MENSCHLICHE POTENZIAL NICHT UNTER-SCHÄTZEN.

ICH HABE ECHT MITLEID MIT DEN REPUB-LIKANISCHEN SOLDATEN.

ES IST LANGE HER, DASS SIE KREIDEBLEICH WURDE UND SICH BEI SO WAS ÜBERGEBEN MUSSTE.

MIT DEM RICHTIGEN TRAINING IST ALLES MÖGLICH.

SIE VER-
SCHWEN-
DEN...

... IHRE
SOLDATEN
ALS KANONEN-
FUTTER AN DAS
KAISERREICH.

... GAB ES
AUCH EIN LAND,
DAS AM STEL-
LUNGSKRIEG
DES ERSTEN
WELTKRIEGS
FESTHIELT.

UND VOM
BLITZKRIEG
DER PANZER
ÜBERROLLT
WURDE.

DA FÄLLT
MIR EIN, IN
MEINER AL-
TEN WELT...

IHRE
REPUBLIKANI-
SCHE STABS-
LEITUNG HAT
DIE ZEICHEN
DER ZEIT NICHT
ERKANNT.

ICH
SCHWEIFE
SCHON
WIEDER AB.

ACH!

MAGIER
STÜRMEN
DIE FRONT.

DIE AR-
TILLERIE
MACHT
ALLES
PLATT.

DIE
INFAN-
TERIE
RÜCKT
VOR.

... UND LERNTE WIE NEBENBEI EINE LEKTION, DIE DAMALS TRIVIAL WIRKTE.

ICH SASS SCHLÄFRIG IM SONNEN-SCHEIN ...

ICH ERINNERE MICH AN EINEN SONNIGEN NACH-MITTAG, DAMALS, AUF DER KADET-TENSCHULE.

ABER WENDE ICH SIE HEUTE AN, WIRKT SIE TÖDLICH.

SO EINE MAGIERIN MUSS MAN ALSO SEIN, UM DIE SILBER-SCHWINGEN ZU BEKOMMEN.

LEUTNANT DEGU-RECHAFF IST DER HAMMER.

ROGER!

RÜCK-ZUG!!

IN 300 SEKUNDEN WIRD UNSERE ARTILLERIE DAS FEUER WIEDERER-ÖFFNEN!!

KOMPANIE-FÜHRER AN ALLE!!

... GAB ES KEINE VERLUSTE.

ABGESEHEN VON ETWAS AUSRÜSTUNG...

KAISERLICHE ARMEE, SONDER-KOMMANDOPOSTEN.

AAH

HAH

HAH

HA-HA-HA-HA

HA

AH

HA

HAHA

MUSS SCHLAFEN.

GUTE NACHT.

SCHEINT SIE NICHT ZU KÜMMERN.

'NE DUSCHE GIBT'S HIER SCHON GAR NICHT.

HIER SIND WIR ZWAR ALLE GLEICH, ABER ALS MÄDEL BIN ICH DOCH ETWAS SENSIBLER.

DIESER GE-STANK VON SCHWEISS UND DRECK.

PFUI.

... ICH MUSS MICH UMZIE- HEN.

URGH HMPF

UND WENN ES NUR DIE UNTERWÄ- SCHE IST...

ICH SOLLTE DANKBAR SEIN, DASS ES ÜBER- HAUPT EIN BETT GIBT.

URGH ...

BEEILUNG, UNTEROF- FIZIER.

KOMPANIE, VERSAMMELN!! DAS IST EIN NOTFALL!!

RUMMS KEUCH!!

JAAAWOHL ?!

ZACK

GUT.

KOMPANIE, SCHLECHTE NEUIGKEI- TEN.

ES GIBT EINE EILMELDUNG.

DIE 403. ANGRIFFSMAGIER-KOMPANIE IST UNERWARTET IN EIN GEFECHT MIT ZWEI FEINDLICHEN KOMPANIEN GERATEN.

NACH EINEM MONAT IN DER KOMPANIE WEISS ICH, WAS DAS HEISST.

WENN VORGESETZTE SO REDEN, ÖFFNET SICH DER VORHANG FÜR DIE APOKALYPSE.

DIE 403., EINE KOMPANIE VOLLER FRISCHLINGE!!

DIE FEINDLICHEN EINHEITEN SIND DIE VORHUT EINER GROSSFLÄCHIGEN OFFENSIVE. NEUE TRUPPEN RÜCKEN NACH.

SIE KRIEGEN ORDENTLICH WAS AB UND KÖNNEN DAHER NICHT RICHTIG SPÄHEN.

ABER UNSERE AUSSPÄHER WERDEN VON IHREN KAMPFMAGIERN GEJAGT.

UNSERE ARTILLERIEEINHEIT VERSUCHT SIE AUSZUSCHALTEN.

WIR RETTEN GLEICHZEITIG DIE ARTILLERIE-AUSSPÄHER...

... DIE VON DEN FEINDLICHEN MAGIERN GEJAGT WERDEN.

SCHON WIEDER AUSRÜCKEN...

AB-MARSCH!

WIR HABEN JETZT EIN DATE MIT DER 403.

ARTILLERIE-AUSSPÄHER.

SO WIE ERYA.

ICH HAB SOGAR GEHÖRT, DASS DEGURECHAFF SCHWER VERLETZT WURDE.

WIR MÜSSEN HELFEN...

JA. ES WAR EIN VERDAMMTER ALP-TRAUM.

ACH JA. LEUTNANT DEGURE-CHAFF. ICH HABE GEHÖRT, SIE HABEN SO WAS IM NORDEN BEREITS ERLEBT?

LÖSEN SIE DIE FLÜGELFORMATION AUF.

UNTEROFFIZIER SEREBRYAKOV.

... DIE FLÜGELFORMATION AUF.

LÖSEN SIE...

WIE BITTE?!

KOMPANIEFÜHRER!

BITTE UM ERLAUBNIS, SPRECHEN ZU DÜRFEN!!!

... DER AUFGABE GEWACHSEN!

... ICH BIN...

BEGINNEN SIE MIT DER MISSION.

ICH SCHICKE IHNEN SEANS' EINHEIT.

ABER...

OBER-LEUTNANT SCHWARZ-KOPF?!

HEB

SIE HABEN SIE GEHÖRT, LEUTNANT.

GABO

PATSCH

ABER SIE IST FEST ENTSCHLOS-SEN.

SEIEN SIE NICHT ÜBERFÜR-SORGLICH.

ICH VERSTEHE IHRE SORGE UM UNTEROFFIZIER SEREBRYAKOV.

ICH BIN ÜBERRASCHT, DASS ICH JEMANDEM SO VIEL BEDEUTE.

SICH SO AUS DER BAHN WERFEN ZU LASSEN.

DAS IST DAS ERSTE MAL, DASS DIE UNTEROFFIZIERIN WIE EIN KIND IHRES ALTERS WIRKT.

SO WÜNSCHEN ES DIE HOHEN MAGIER.

VIEL GLÜCK.

SOLLTE ES ÄRGER GEBEN, KOMME ICH IHNEN ZU HILFE.

ROGER. ICH WERDE MEIN BESTES GEBEN.

IHNEN AUCH!!

FELD-WEBEL SEANS.
ICH HOFFE, IHRE EINHEIT WIRD GUTE ARBEIT LEISTEN.
NA KLARRR, WIR SIND DIE RANGÄL-TESTEN HIER AM RHEIN.
GUT.
MACHEN WIR UNS AN DIE ARBEIT.
ENDE KAPITEL: 04
DIE KRIEGSGESCHICHTE EINES KLEINEN MÄDCHENS
FORTSETZUNG FOLGT...

Glossar Kapitel : 01

BOGEY

BEZEICHNET IM MILITÄRJARGON EIN NICHT-IDENTIFIZIERBARES, MÖGLICHERWEISE FEINDLICHES FLUGOBJEKT. WEITERE BEGRIFFE HIERFÜR SIND „UNKNOWN" ODER AUCH „UFO" (UNIDENTIFIED FLYING OBJECT). LÄSST SICH NICHT DURCH EIN SIGNAL HERAUSFINDEN, OB EIN AUF DEM RADAR ERFASSTER BOGEY FREUND ODER FEIND IST, MUSS EIN PILOT AUS DER NÄHEREN UMGEBUNG AUFSCHLUSS ÜBER DIE ZUGEHÖRIGKEIT DES BOGEYS GEBEN. SOBALD FESTGESTELLT WURDE, DASS ES SICH UM EINEN FEINDLICHEN FLIEGER HANDELT, ÄNDERT MAN SEINE BEZEICHNUNG VON „BOGEY" ZU „BANDIT".

ROE (RULES OF ENGAGEMENT)

SAMMELBEGRIFF FÜR KONFLIKTREGELUNGEN DER ARMEE UND POLIZEI, DIE FÜR ALLE SITUATIONEN VORGEBEN, WELCHE WAFFEN EINGESETZT WERDEN. EIGENTLICH IST ES EINE SCHLECHTE UMSCHREIBUNG FÜR „STREIT-ETIKETTE". WENN EIN SOLDAT SICH AUF DEM SCHLACHTFELD ZUM BEISPIEL UNERLAUBT ODER GRUNDLOS IN DEN KAMPF STÜRZT, MUSS MAN IHN GEMÄSS DER ROE BEHANDELN. EIN SOLDAT, DER SICH DEN ROE WIDERSETZT, WIRD GEGENSTAND EINES DISZIPLINARVERFAHRENS. DIE ROE SOLLEN DEN HANDLUNGSSPIELRAUM VON SOLDATEN EINSCHRÄNKEN UND IHRE POSITION GLEICHZEITIG SCHÜTZEN. GÄBE ES KEINE ROE UND MAN WÜRDE DARAUF VERTRAUEN, DASS SICH EIN SOLDAT STETS GERECHT VERHÄLT, WÄRE ES SCHWIERIG ZU BESTIMMEN, WER IM FALLE EINER NOTWEHRÜBERSCHREITUNG ODER VORSÄTZLICHEN TÖTUNG DIE VERANTWORTUNG ÜBERNIMMT. WERTET MAN SOLCHE HANDLUNGEN AUF BASIS DER ROE, KANN MAN SIE EINFACH AUF EINEN MILITÄRISCHEN BEFEHL ZURÜCKFÜHREN.

MAYDAY

EIN RETTUNGSSIGNAL, DAS VERWENDET WIRD, WENN EIN SCHIFF, FLUGZEUG, FAHRZEUG ETC. IN EINE NOTSITUATION GERÄT. URSPRÜNGLICH KOMMT DAS WORT AUS DEM FRANZÖSISCHEN UND BEDEUTET „KOMMT MIR HELFEN!" (VENEZ M'AIDER!). WENN MAN HILFE ERBITTEN MÖCHTE, ABER KEINE KOMMUNIKATION ZUSTANDE GEKOMMEN IST, FUNKT MAN DIE FREQUENZ MAYDAY EINMAL. ES IST VERBOTEN, AUSSER IM FALLE EINER DROHENDEN GEFAHR, DAS SIGNAL MAYDAY ZU SENDEN. DAS SENDEN EINES FALSCHEN MAYDAYS WIRD ALLGEMEIN ALS DELIKT BEHANDELT.

ORDEN

EINE AUSZEICHNUNG IN FORM EINES ABZEICHENS, DAS VOM STAAT BZW. STAATSOBERHAUPT AN PERSONEN VERLIEHEN WIRD, DIE MILITÄRISCH BESONDERS ERFOLGREICH WAREN. SIE SOLLEN DEN KAMPFGEIST DER SOLDATEN STEIGERN. SIE KÖNNEN AUF VERSCHIEDENE ARTEN GETRAGEN WERDEN, ZUM BEISPIEL AUF DER BRUST ODER AN EINER SCHÄRPE, DIE MAN ÜBER DIE SCHULTER LEGT. ALLERDINGS HABEN VIELE ORDENSTRÄGER ANGST, IHRE ORDEN ZU VERLIEREN, UND TRAGEN SIE NUR SELTEN. ZU FESTLICHEN ANGELEGENHEITEN SIEHT MAN OFT ORDENSBÄNDER ALS ERSATZ FÜR DIE ORDEN. ES IST NICHT RATSAM, EINEN ORDEN AUF DEM SCHLACHTFELD ZU TRAGEN, DA MAN DURCH DIE ZURSCHAUSTELLUNG DES ABZEICHENS SCHNELL ZUR ZIELSCHEIBE WIRD.

Glossar Kapitel : 02

12.000 FUSS

IN METER UMGERECHNET CA. 3.600 M. DIE TEMPERATUR SINKT PRO 100 M ÜBER DEM MEERESSPIEGEL UM 0,6 GRAD. BEI EINER HÖHE VON 3.600 M IST DIE TEMPERATUR 21,6 GRAD KÄLTER ALS AN DER ERDOBERFLÄCHE UND DAS SAUERSTOFFVOLUMEN LIEGT NUR NOCH BEI 63 %. ÜBERSTEIGT MAN EINE HÖHE VON 3.000 M, TRETEN SYMPTOME DER HÖHENKRANKHEIT AUF, WIE ZUM BEISPIEL KOPFSCHMERZEN UND BRECHREIZ. IM SCHLIMMSTEN FALL STIRBT MAN AN EINER HIRNSCHWELLUNG ODER EINEM LUNGENÖDEM.

LEUTNANT DEGURECHAFF STIEG BEI ÜBUNGEN ZUR ANPASSUNGSFÄHIGKEIT BEREITS AUF 6.600 FUSS. MIT EINER SAUERSTOFFFLASCHE UND KÄLTESCHUTZKLEIDUNG FLOG SIE SPÄTER SOGAR HOCH AUF 12.000. ES IST JEDOCH SCHWIERIG FÜR DEN KÖRPER, ÜBER LÄNGERE ZEIT IN EINER SOLCHEN UMGEBUNG AUSZUHARREN.

LAUT DOKTOR ADELHEID IST DAS ELENIUM 95 THEORETISCH BIS ZU EINER HÖHE VON 18.000 EINSETZBAR, UMGERECHNET SIND DIES IN METERN KNAPP 5.400 M.

MOBILE VERTEIDIGUNG

IN DER URSPRÜNGLICHEN VERTEIDIGUNGSSTRATEGIE SOLLEN SICH ALLE STREITKRÄFTE AN DER FRONT SAMMELN. JEDOCH WIES DIESE STRATEGIE SCHWACHSTELLEN AUF: DURCHBRACH DIE ANGREIFENDE ARMEE DIE VERTEIDIGUNGSLINIE AN EINER STELLE, WURDEN DIE ÜBRIGEN KRÄFTE ANGREIFBAR UND ES DROHTE EINE NIEDERLAGE.

DIE MOBILE ABWEHR SOWIE KAMPFTAKTIKEN, BEI DENEN MAN EINE INFANTERIEEINHEIT AN DER FRONT AUFSTELLT ODER EINE DEFENSIVEINHEIT ALS RESERVESTREITKRAFT AN EINEM HINTEREN STÜTZPUNKT AUFSTELLT, UM SIE ALS MOBILE TRUPPE EINZUSETZEN, WURDEN ENTWICKELT, UM DEN BETRÄCHTLICHEN SCHWACHSTELLEN GROSSER VERTEIDIGUNGSLINIEN ENTGEGENZUWIRKEN.

ANGESICHTS DER FEINDLICHEN LANGSTRECKENARTILLERIE DACHTE LEUTNANT DEGURE-CHAFF, DASS SIE VOM VERSTÄRKTEN HINTEREN STÜTZPUNKT ABGEZOGEN UND DER MOBILEN ABWEHR ZUGEWIESEN WÜRDE, WELCHE DIE AN DER FRONT EINFALLENDEN FEINDLICHEN EINHEITEN ABWEHREN SOLLTE. DIE NOTLAGE WAR JEDOCH SO GROSS, DASS ES DIE FRONT BIS AUFS BLUT ZU VERTEIDIGEN GALT, UND SO FAND SICH DEGURECHAFF ALS TEIL DER MOBILEN STURMTRUPPE WIEDER. AN DER FRONT STÜRZTEN SICH DIE INFANTERISTEN AUS IHREN SCHÜTZENGRÄBEN AUF DIE EINGEKESSELTEN FEINDLICHEN TRUPPEN UND DRÄNGTEN DIESE DADURCH ZURÜCK.

ICH ARBEITETE IN JAPAN ALS BÜROANGE-STELLTER IN DER PERSO-NALABTEILUNG EINER FIRMA...

... UND WAR AUF KARRIERE-KURS.

DIE KRIEGSGESCHICHTE EINES KLEINEN MÄDCHENS
KAPITEL: 05

UND SO VERLOR ICH MEIN LEBEN UND ALLES, WAS ICH ERREICHT HATTE.

DOCH EIN ANGESTELLTER, DEN ICH GE-FEUERT HATTE, SCHUBSTE MICH AUF EIN BAHNGLEIS.

ERMORDET, EINFACH NUR, WEIL ICH MEINE ARBEIT GETAN HATTE.

ES SCHIEN IN DIESER WELT KEI-NEN GOTT ZU GEBEN.

LASST UNS DIE AUSSPÄH-MAGIER RETTEN!!

ÜBERPRÜFT EURE AUSRÜSTUNG!!

UND ACHTET INSBESONDERE AUF EURE RECHEN-JUWELE!!

ABER JETZT IST NICHT DER PASSENDE MOMENT, UM DARÜBER NACHZUDENKEN.

HMM, DIE ETAPPE IN DER HAUPTSTADT IST WOHL IN VERZUG.

KLACK

ZIP

KLACK

TSCHAK

1/1

TSCHAK

SEHR KOMPAKT ...

SCHAUEN SIE MAL, DAS NEUE MODELL HAT EINEN GLEITVERSCHLUSS FÜR DIE MAGIEZUFUHR.

MMH? UNTEROFFIZIER SEREBRYAKOV, SIE BENUTZEN JA EIN VERALTETES JUWEL.

ECHT?

IN DER HAUPTSTADT HABEN DIE BEHAUPTET, ES SEI DAS NEUSTE MODELL.

LEUTNANT DEGURECHAFFS RECHEN-JUWEL.

OH! SCHAUT MAL.

EIN WUNDER-
WERK DER
TECHNIK.
DAS ELE-
NIUM 95.

MIT DEN
SILBER-
SCHWIN-
GEN DEKO-
RIERT.

TANYA
WEISS-
SILBER.

AEROMA-
GISCHER
LEUTNANT
DEGU-
RECHAFF
IST DIE EIN-
ZIGE, DIE ES
BENUTZEN
KANN.

IHRE
MANA-AUS-
STRAHLUNG
IST WIE IMMER
SAGENHAFT.

SIE
SIEHT
AUS WIE
EINE...

...HEI-
LIGE.

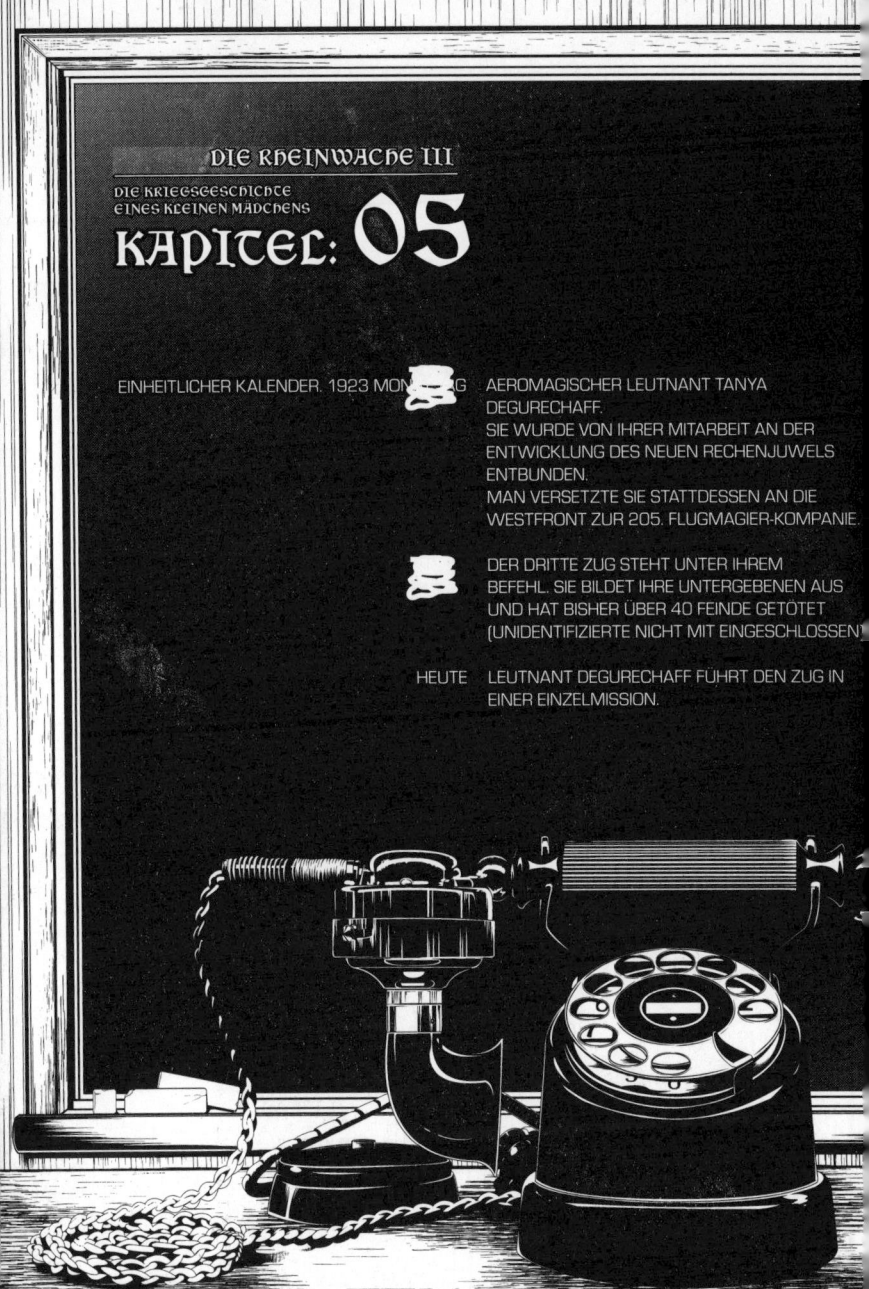

DIE RHEINWACHE III

DIE KRIEGSGESCHICHTE EINES KLEINEN MÄDCHENS

KAPITEL: 05

EINHEITLICHER KALENDER. 1923 MON___G   AEROMAGISCHER LEUTNANT TANYA DEGURECHAFF.
SIE WURDE VON IHRER MITARBEIT AN DER ENTWICKLUNG DES NEUEN RECHENJUWELS ENTBUNDEN.
MAN VERSETZTE SIE STATTDESSEN AN DIE WESTFRONT ZUR 205. FLUGMAGIER-KOMPANIE.

DER DRITTE ZUG STEHT UNTER IHREM BEFEHL. SIE BILDET IHRE UNTERGEBENEN AUS UND HAT BISHER ÜBER 40 FEINDE GETÖTET (UNIDENTIFIZIERTE NICHT MIT EINGESCHLOSSEN)

HEUTE   LEUTNANT DEGURECHAFF FÜHRT DEN ZUG IN EINER EINZELMISSION.

HIMMEL ÜBER
DER RHEINFRONT.

ARMEE DER REPUBLIK FRANSWA.
AEROMAGISCHE KOMPANIE.

UM DEN
STILLSTAND
AN DER
RHEINFRONT
ZU DURCH-
BRECHEN...

... WOLLTE
FRANSWA DIE
IMPERIALE VER-
TEIDIGUNGSLINIE
DURCHSTOSSEN.
DOCH DIE REPU-
BLIKANISCHEN
BODENTRUPPEN
WAREN SCHNELL
UMZINGELT.

VER-
FLUCHTER
NACH-
RICHTEN-
DIENST!!

IN
DIESER
ZONE IST
DIE VER-
TEIDIGUNG
DOCH NICHT
UNTERBE-
SETZT!

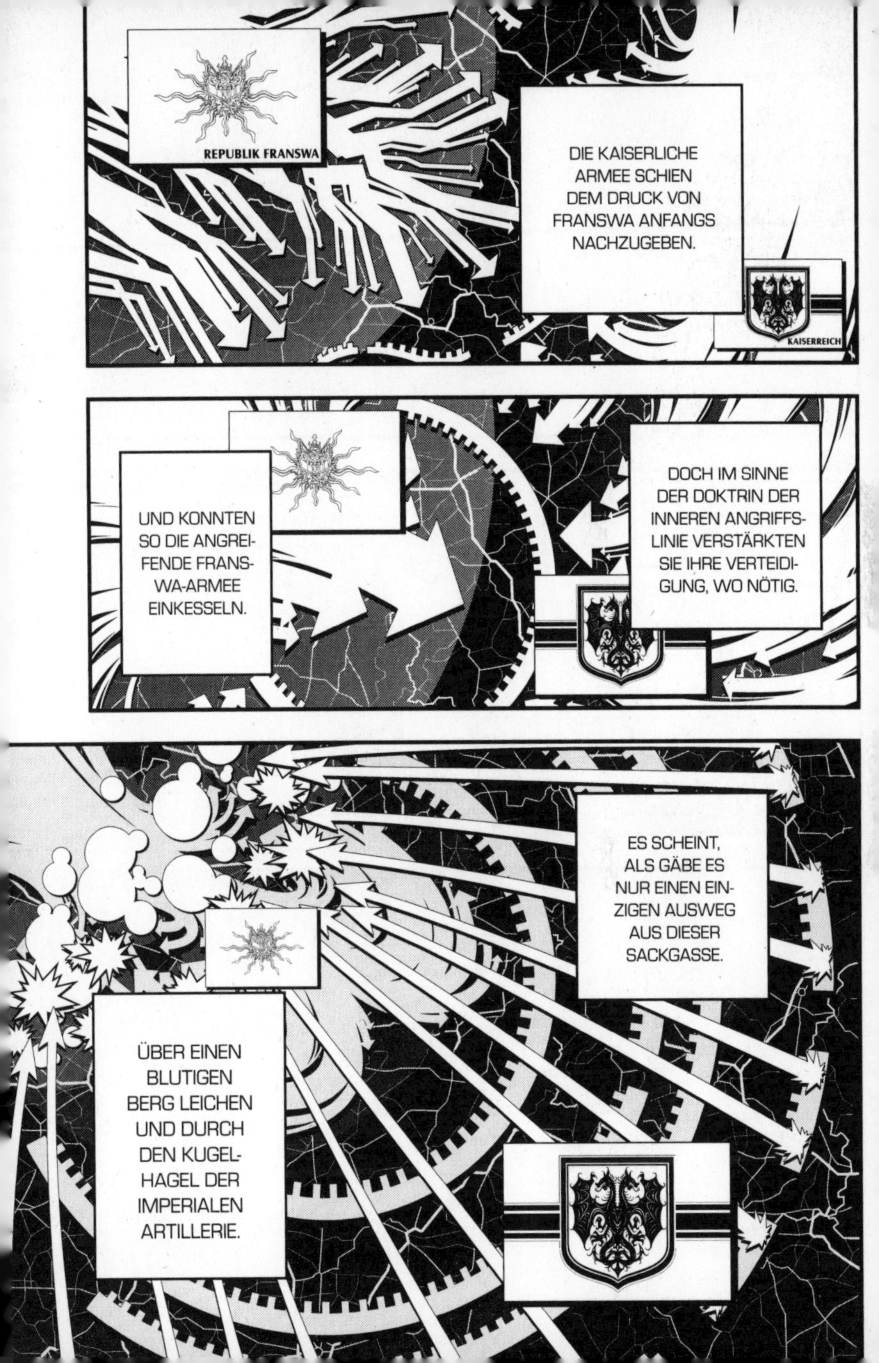

REPUBLIK FRANSWA

DIE KAISERLICHE ARMEE SCHIEN DEM DRUCK VON FRANSWA ANFANGS NACHZUGEBEN.

KAISERREICH

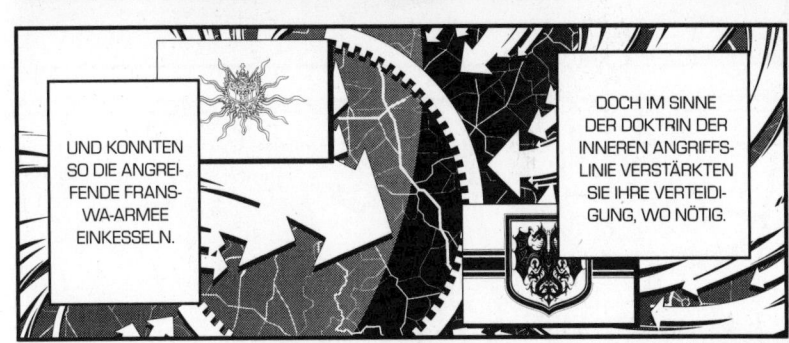

UND KONNTEN SO DIE ANGREIFENDE FRANSWA-ARMEE EINKESSELN.

DOCH IM SINNE DER DOKTRIN DER INNEREN ANGRIFFS-LINIE VERSTÄRKTEN SIE IHRE VERTEIDIGUNG, WO NÖTIG.

ES SCHEINT, ALS GÄBE ES NUR EINEN EINZIGEN AUSWEG AUS DIESER SACKGASSE.

ÜBER EINEN BLUTIGEN BERG LEICHEN UND DURCH DEN KUGELHAGEL DER IMPERIALEN ARTILLERIE.

FEUERT AUF DIE IMPERIALEN AUSSPÄH-MAGIER!!
GEBT DEN BODENTRUPPEN BEI IHREM RÜCKZUG DECKUNG!!
RAUCHGRANATEN AUS FEINDLICHER STELLUNG!!
WARNUNG!!
DODOMM
DODOMM
DODO
DOMM
SIE SCHIESSEN WEITER SO PRÄZISE?!
IMPERIALE EINHEITEN SIND EINE KLASSE FÜR SICH!!
WENIGER QUATSCHEN, MEHR FEUERN!!

SPÄHER!
JAGD
UNTER-
BRECHEN!

SPÜRE
EINE NEU-
ARTIGE
MANA-SI-
GNATUR!
VERSTÄR-
KUNGS-
EINHEITEN
DES IMPE-
RIUMS!!

HMM,
HALT!!

BITTE UM
ERLAUBNIS,
EXPLOSI-
ONSZAU-
BER ZU
VERWEN-
DEN!

JA-
WOHL,
SIR!!

OPTIK-
ZAUBER
HABEN
AUCH
LIMITIE-
RUNGEN.

IMPE-
RIALE
MAGIER
SIND DIE
ELITE DER
GROSS-
MACHT.

SEIEN
SIE TROTZ-
DEM AUF
DER HUT.

ES
GIBT
...

... VIER
SIGNA-
TUREN.

WIR
WEICHEN
NICHT
ZURÜCK
UND
KÄMP-
FEN!

WENN
WIR JETZT
ABRÜCKEN,
WERDEN SIE
DIE BODEN-
TRUPPEN
ÜBERREN-
NEN.

UNSERE
AUSSPÄHER
WURDEN
ABGE-
SCHOSSEN.

WIEDERHO-
LE. UNSERE
AUSSPÄHER
WURDEN...

AN
ALLE EIN-
HEITEN.

WAS
FÜR
EIN
TAG.

DRITTER ZUG DER 205. KAISERLI-
CHEN FLUGMAGIER-KOMPANIE.

WIR SIND
UMSONST
HIER. EIN
TOTALER
GRIFF INS
KLO.

LEUTNANT,
SIE WIRKEN
BESORGT...

SIE
IST SEHR
EMPA-
THISCH.

IST SO EINE AUFGABE NICHT ZU SCHWIERIG FÜR EINEN EINZELNEN ZUG?

LEUTNANT DEGURECHAFF.

TROTZDEM HABEN WIR EINEN JOB ZU ERLEDIGEN.

WIE SIE GEHÖRT HABEN...

... WAREN WIR LEIDER NICHT RECHTZEITIG HIER.

FELDWEBEL SEANS, IHRE SORGE IST ZWAR BEGRÜNDET...

... DOCH LAUT UNSERER SPÄHER SIND DIE FEINDLICHEN MAGISCHEN EINHEITEN NUR ZWEI KOMPANIEN STARK.

DER LANGSTRECKENFLUG HAT SIE SICHER GESCHWÄCHT.

UM UNSERE AUSSPÄHER AUSZUSCHALTEN, HAT MAN SIE VERMUTLICH IN ZÜGE AUFGETEILT.

SOLL HEISSEN, ES WIRD EIN KINDERSPIEL, SECHS GESCHWÄCHTE ZÜGE ZU ZERSCHLAGEN.

SIE SOLLEN IHR LEBEN NICHT UMSONST GEOPFERT HABEN.

DIESE INFO....

... IST DIE LETZTE, DIE WIR VON UNSEREN SPÄHERN ERHALTEN HABEN.

WELCH EIN VOR-BILD.

WOW.

ALSO, KAME-RADEN.

GUT. TROTZ DER UMSTÄN-DE ZEIGEN SIE NOCH KAMPFGEIST.

EINSCHLIESS-LICH UNTER-OFFIZIER SEREBRYAKOV HABEN ALLE GROSSES POTENZIAL.

ICH KNÖPFE MIR DREI ZÜGE VOR.

WIRD WOHL NICHT SO SCHWER SEIN.

IHR KÜMMERT EUCH UM DIE ÜBRIGEN DREI.

ZUGFÜHRERIN, MÖCHTEN SIE EIN ASS WERDEN?

ICH BIN ES SCHON FAST, FELDWEBEL.

ICH BRAUCH NUR NOCH ZEHN KILLS, UM EINEN BONUS UND EXTRAURLAUB ZU BEKOMMEN.

UND DANN WERDE ICH EINEN KULINARISCHEN ERHOLUNGSURLAUB MACHEN.

SORRY, JUNGS, ABER DANN GÖNN ICH MIR IM BRAUHAUS EIN FRESSFEST.

WÄÄÄ

YIPPEE

YAAAY

ALLE, DIE ÜBER FÜNFZIG ABSCHÜSSE SCHAFFEN, BEKOMMEN SONDERURLAUB.

ZWEI WOCHEN URLAUB, UND EINEN BONUS NOCH DAZU.

UND SO KILLS ZUM ASS DER ASSE.

FÜNF KILLS MACHEN EINEN ZUM ASS.

AUSSERDEM WURDE ICH EINE ZEIT LANG ALS SCHARFSCHÜTZE EINGESETZT.

LEIDER HAT MEIN GEDÄCHTNIS SEIT DEN EXPERIMENTEN MIT DEM ELENIUM 95 LÜCKEN.

DAHER LÄSST SICH DIE GENAUE ZAHL MEINER KILLS NICHT FESTSTELLEN.

WENN DAS IMPERIUM SICH SO UM UNS KÜMMERT...

ICH BENEIDE SIE.

... GIBT ES NOCH RESERVEN.

... VERSTÄRKT UNS ZWAR NUR UM ZWEI MANN, ABER DIE KRAFT EINES AERO-MAGISCHEN KÄMPFERS IST BETRÄCHTLICH.

DER ZUG, DEN MIR SCHWARZKOPF VON SEINEN LIMITIERTEN RESERVEN ZUGETEILT HAT...

OB WIR GEWINNEN?

GÄBE ES NUR EINEN GEGNER WÄRE UNS DER SIEG OHNE ZWEIFEL SICHER.

DIE IMPERIALE KRIEGS-MASCHINERIE IST ÄUSSERST PRÄZISE.

ABER NUN ZEIGEN SICH SCHWACHSTELLEN IN DER ETAPPE UND DEM TRANSPORT VON RESERVEN.

AUCH EIN ZWEIFRONTENKRIEG, VERGLEICHBAR MIT DER AKTUELLEN SITUATION, WÄRE ZU SCHAFFEN.

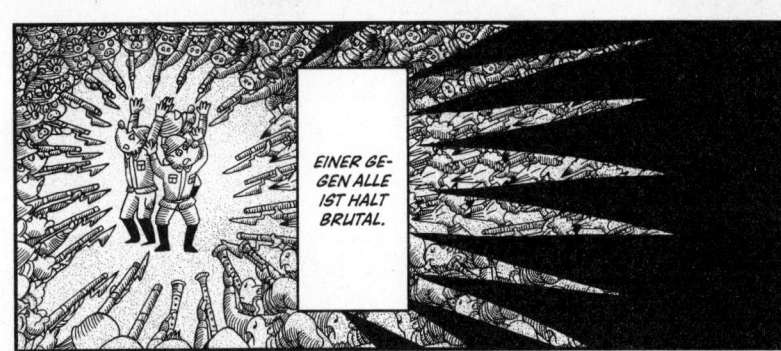

EINER GEGEN ALLE IST HALT BRUTAL.

ICH DACHTE SCHON, SIE HABEN EIN FAIBLE FÜR HOFFNUNGSLOSE VERTEIDIGUNGSLINIEN.

KRIEG LÄSST SICH AM BESTEN AUSHALTEN, WENN MAN AM GEWINNEN IST.

WIR MÜSSEN AUCH STARK BLEIBEN.

DER LEUTNANT VERSUCHT, UNSERE NERVEN ZU BERUHIGEN.

... DASS SIE SICH GERNE IN NOTLAGEN STÜRZEN, LEUTNANT.

ICH HATTE AUCH DAS GEFÜHL ...

ICH BIN SOLDAT UND GEHORCHE BEFEHLEN.

ICH BIN IHRER MEINUNG, LEUTNANT!!

FELDWEBEL SEANS, WAS FÄNDEN SIE BESSER?

SELBST ICH WÜRDE FRIEDEN BEVORZUGEN.

HEPP

HIPP

HEPP

HEISSEN WIR SIE ORDENTLICH WILLKOMMEN!

NÄHERN UNS DER MANA-SIGNATUR.

INTERESSANTE ART ZU FLIEGEN... MUSS ICH BEIZEITEN MAL PROBIEREN.

HEPP

HIPP

PUH

KHIIIHI

DER
FEIND
...

IST AUF
ZWÖLF-
TAUSEND
FUSS!!!

ZW
...

...ZWÖLF-
TAU-
SEND?!!

MANA-
RÜCKVER-
FOLGUNG
WAR
ERFOLG-
REICH!!

DER
FEIND
...

VON
WO
GREIFT
DER
FEIND
AN?!

MIST!!
DIE HABEN
EINEN KOM-
PLETTEN
ZUG PLATT-
GEMACHT!!

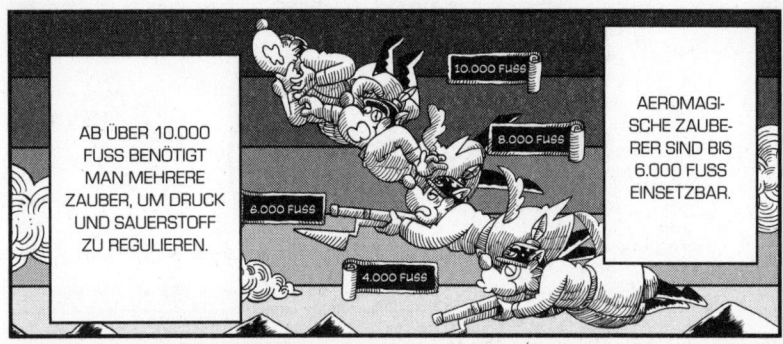

AB ÜBER 10.000
FUSS BENÖTIGT
MAN MEHRERE
ZAUBER, UM DRUCK
UND SAUERSTOFF
ZU REGULIEREN.

10.000 FUSS

8.000 FUSS

6.000 FUSS

4.000 FUSS

AEROMAGI-
SCHE ZAUBE-
RER SIND BIS
6.000 FUSS
EINSETZBAR.

EINE
PERFEKTE
DEMON-
STRATION
IMPERIALER
MACHT.

DAZU
FÜR DEN
ANGRIFF EINEN
STARK ENER-
GETISCHEN,
OPTISCHEN
FERNSCHUSS-
ZAUBER.

EIN RECHEN-
JUWEL MUSS
DIESE ENORME
MAGISCHE
KRAFT GEGEN
DIE SCHWER-
KRAFT TRANS-
PORTIEREN.

SCHEISSE, OHNE ZWEIFEL!

AUFSTEIGEN!

IST DAS EIN AEROMAGISCHER KÄMPFER?!

AUFSTEIGEN UND BEI 8.000 ATTACKIEREN!!

WENN WIR UNS NICHT WEHREN, SCHAFFEN DIE BODENTRUPPEN ES NICHT NACH HAUSE.

...WÄREN SCHON WAHNSINNIG!!

KOMMANDANT!! SELBST 7.000 ...

DAS IST DER TOTALE KRIEG! VORWÄRTS!

AUFSTEIGEN!!

ZUNG

SIE HABEN RECHT.

UNS BLEIBT KEINE ANDERE WAHL.

EIN ABLEN-KUNGS-MANÖVER! IGNORIE-REN!!

TEAM BRAVO, ZIELT AUF DEN ÜBER EUCH.

ES SIND DREI VON IHNEN!!

CHARLIE GREIFT FEINDLICHE EINHEIT AN!!

DER KÄMPFT ALLEINE ...

MUSS EIN ASS DER ASSE SEIN!!! EIN NAMHAF-TER!

NAMHAFTE ZAUBERER (REGISTRIERTE ZAUBERER)

DIE WELT DER AEROMAGISCHEN ZAUBERER IST KLEIN. EINE KOMPANIE BESTEHT AUS ZWÖLF UND EIN BATAILLON AUS 36 ELITEZAUBERERN. FÜNF KILLS MACHEN EINEN ZAUBERER ZU EINEM ASS ODER »NAMHAFTEN«. EINHEITEN MIT ÜBER SECHS ASSEN ODER EINEM »ASS DER ASSE«, DIE ÜBER 50 KILLS HABEN, WERDEN VON FEINDLICHEN ARMEEN ALS GEGNER GESEHEN, VOR DENEN MAN SICH IN ACHT NEHMEN MUSS, UND ALS »NAMHAF-TER« ZAUBERER REGISTRIERT.

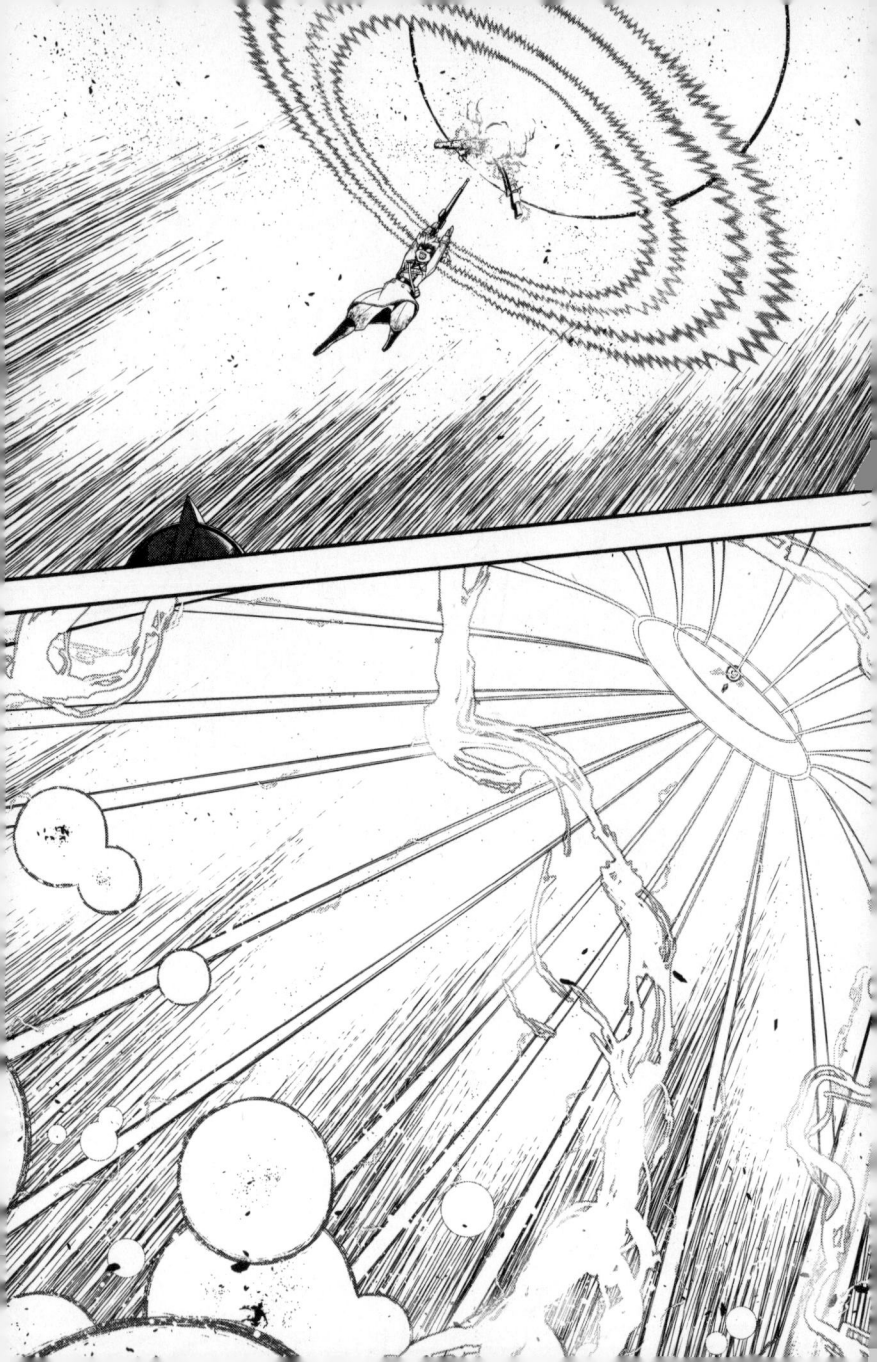

SIE IST EIN MONSTER!!!

WIE KONNTE SIE AUSWEICHEN?!

EIN TRICK?

DIE VERSUCHEN, MICH ABZULENKEN.

DIE SCHREIEN AUF OFFENEN KANÄLEN RUM.

DACHTE ICH'S MIR DOCH!! MIT ACHT ASSEN SIND SIE DIE »NAMHAFTESTE EINHEIT« DER REPUBLIK.

SUCHE IHRE MANA-SIGNATUREN IM REGISTER...

CP VERSTANDEN.

WIEDERHOLE, DIE FEINDLICHE KOMPANIE IST »NAMHAFT«.

EILMELDUNG AN CP, DIE FEINDLICHE KOMPANIE IST »NAMHAFT«.

ICH BIN JA DANKBAR...

ABER...

ICH NEHME DIE VERSTÄRKUNG ZUR KENNTNIS, ABER DAS IST MEIN SCHLACHTFELD.

LASSEN SIE SICH NICHT AUF UNNÖTIGE GEFECHTE EIN.

DIE KOMPANIE VON OBERLEUTNANT SCHWARZKOPF IST BALD DA.

WAHRE PATRIOTEN LASSEN TATEN SPRECHEN, DIE FALSCHEN IHREN MUND. UM WEITERZUKOMMEN, BRAUCHT MAN BEIDES.

UND MEINEN URLAUB.

... ABER ICH MUSSTE DAS SCHREIEN. WENN ICH MICH NICHT BESCHWERE, IST DAS SCHLECHT FÜR MEINE BEURTEILUNG.

WIR KÄMPFEN, BIS DIE INVASOREN DES KAISERREICHS...

UND EIN INSTRUMENT SOLLTE EFFEKTIV EINGESETZT WERDEN.

PATRIOTISMUS IST EIN SEHR PRAKTISCHES INSTRUMENT.

... OHNE AUSNAHME ELIMINIERT SIND...

DAS IST UNSERE BESTIMMUNG.

... DESTO MEHR MUSS ICH WESEN X ANBETEN. ER WILL GOTT SEIN, UND HAT MICH DAFÜR VERFLUCHT.

JE MEHR ICH DAS ELENIUM 95 IN SEINER VOLLEN KRAFT NUTZE...

FWUUUSCH

... WERDEN SOLCHE WORTE GERNE GEHÖRT.

IN EINER WELT, IN DER ANGRIFF UND AGGRESSIVITÄT BELOHNT WERDEN, EGAL, OB SIE GERECHTFERTIGT SIND...

FWUUUSCH

RÄUMLICHE KOORDINATEN VERIFIZIERT.

ABER MIT EINER ARMEE, IN DER MAN NUR SO BEFÖRDERT WIRD, STIMMT ETWAS NICHT.

SO ERSCHAFFT MAN SOLDATEN, DIE SICH KRIEG WÜNSCHEN.

AUSWEICHROUTEN FÜR ALLE ZIELOBJEKTE BERECHNET.

MAGISCHE KAMMER FÜLLT SICH ORDNUNGSGEMÄSS.

OBWOHL ER AUS DEM KRIEG PROBLEMLOS PROFIT SCHLAGEN KÖNNTE.

NORMALERWEISE SEHNT SICH KEINER SO SEHR NACH FRIEDEN WIE EIN SOLDAT.

HIER CP. ROGER. VERHÄNGEN BOMBEN-ALARM IM AERO-SCHLACHT-FELD,

AN CP, BOMBEN-ALARM.

DIE ELENI-UM-KERNE SYNCHRO-NISIEREN.

KIRR

KIRR

KIRR

KIRR

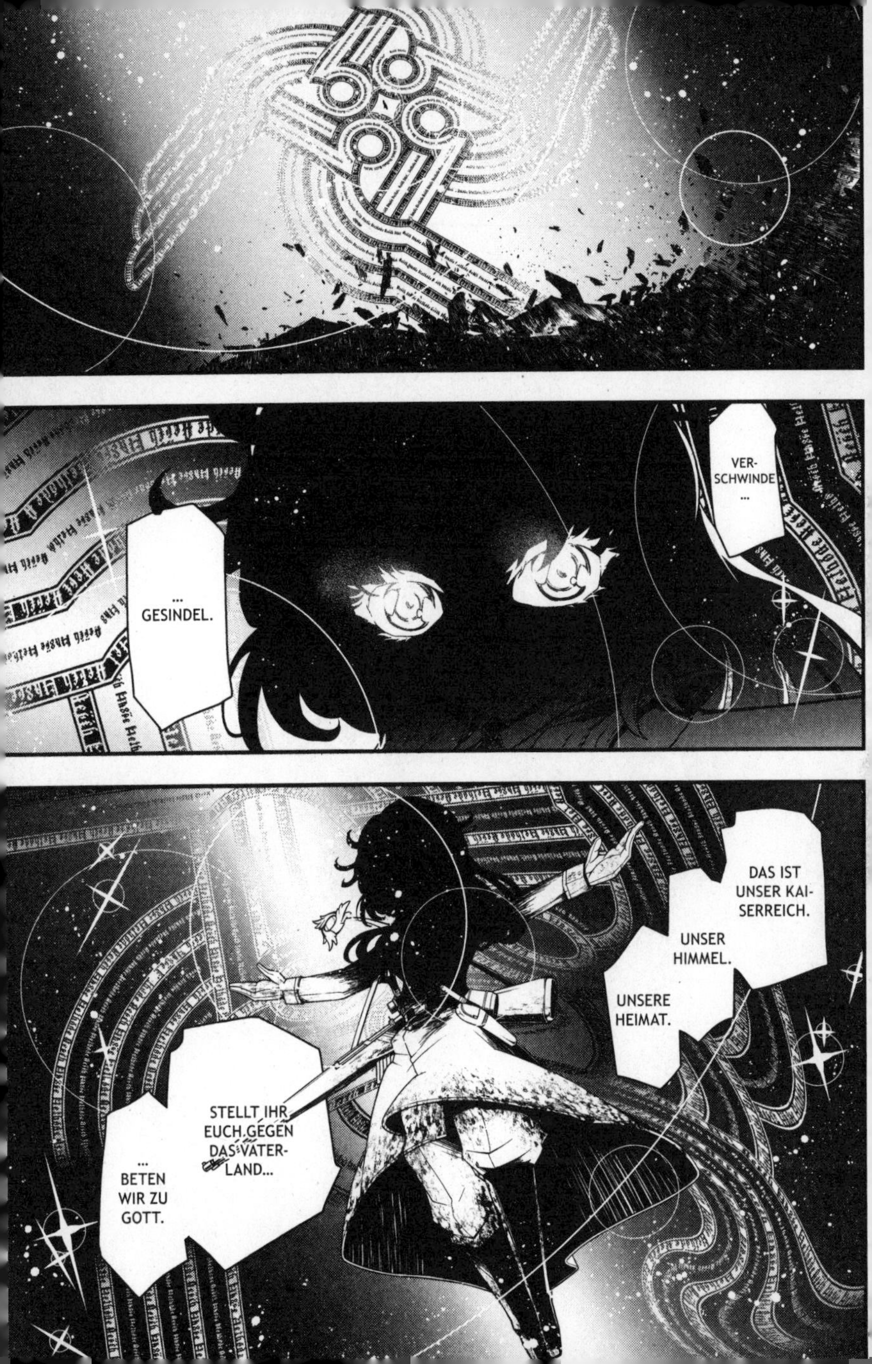

... GESINDEL.

VER-
SCHWINDE...

DAS IST
UNSER KAI-
SERREICH.

UNSER
HIMMEL.

UNSERE
HEIMAT.

STELLT IHR
EUCH GEGEN
DAS VATER-
LAND...

... BETEN
WIR ZU
GOTT.

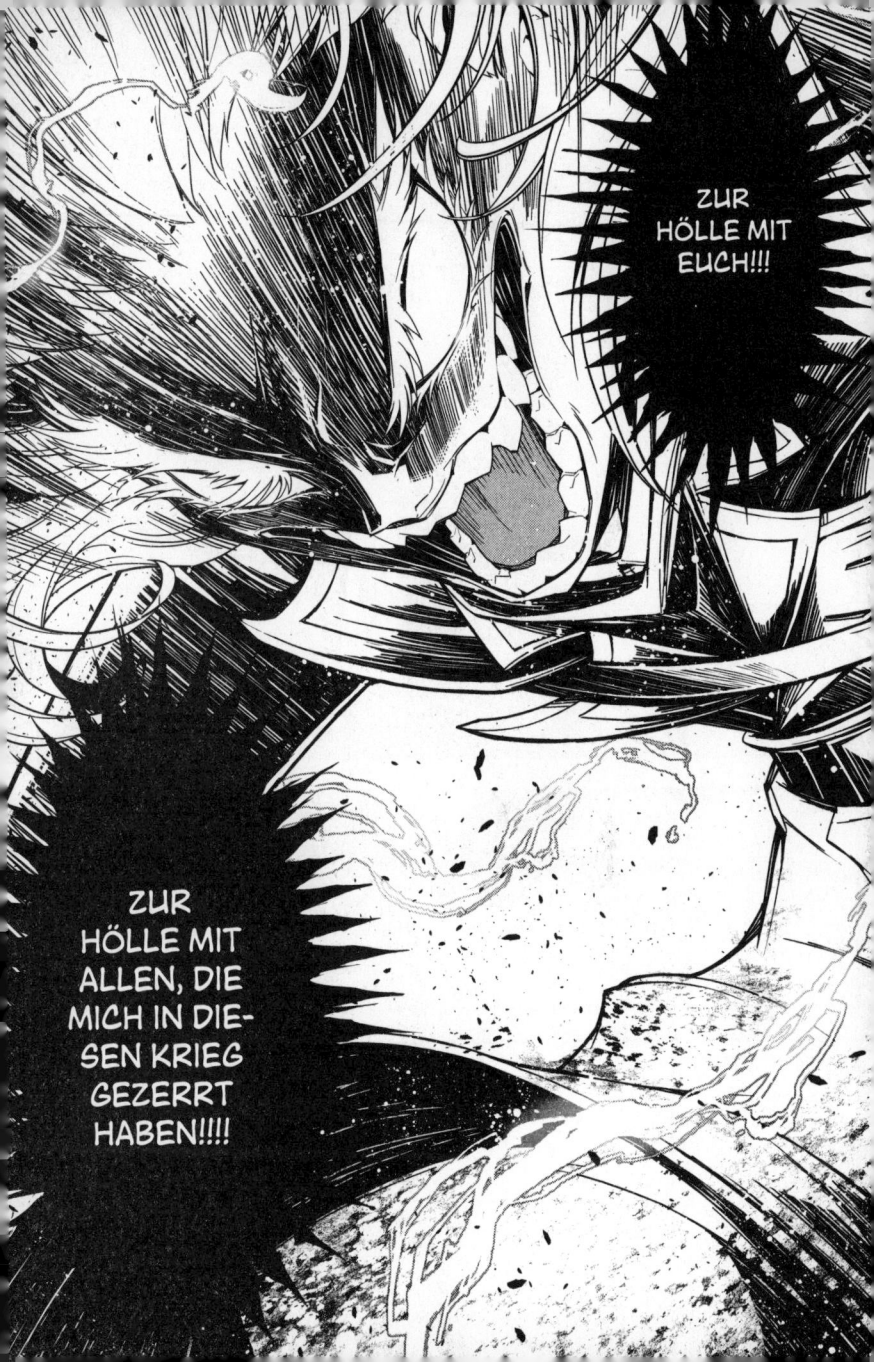

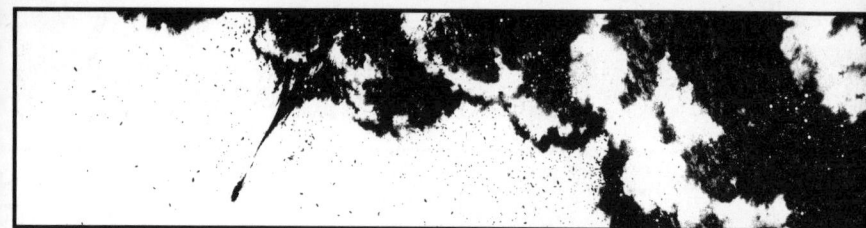

PARISIE, HAUPTSTADT DER REPUBLIK FRANSWA.

HAUPTQUARTIER DER REPUBLIKANISCHEN ARMEE.

BÜRO FÜR SONDERMASSNAHMEN.

... DER ZERSTÖRUNG DER 106. UND 107. BERGUNGSMAGIER-KOMPANIE ERÖFFNET.

HIERMIT IST DIE NACHBESPRECHUNG...

ALS DIE 106. UND 107...

... AUF MISSION WAREN, UM FEINDLICHE SPÄHMAGIER ZU ELIMINIEREN...

... KAMEN SIE IN KONTAKT MIT EINER KAMPFMAGIER-EINHEIT UND WURDEN ABGEFANGEN.

WURDEN DIE IMPERIALEN HAUPTSTREITKRÄFTE NICHT NACH NORDEN GESCHICKT?

DIE 106. UND 107. SIND HANDVERLESEN, UM ES MIT DEN »NAMHAFTEN« DES KAISERREICHS AUFZUNEHMEN!

UNGLAUBLICH!

AUF DEN HANDOUTS SEHEN SIE REPORTS MIT AUSWERTUNGEN DER GEBORGENEN RECHENJUWELEN...

... SOWIE AUGENZEUGENBERICHTEN VON ÜBERLEBENDEN.

IST SO WAS ÜBERHAUPT MÖGLICH?

LAUT DES REPORTS WURDE UNSERE ELITEEINHEIT VON EINEM EINZIGEN FEINDLICHEN AEROMAGISCHEN SOLDATEN ELIMINIERT.

DEFINITIV.

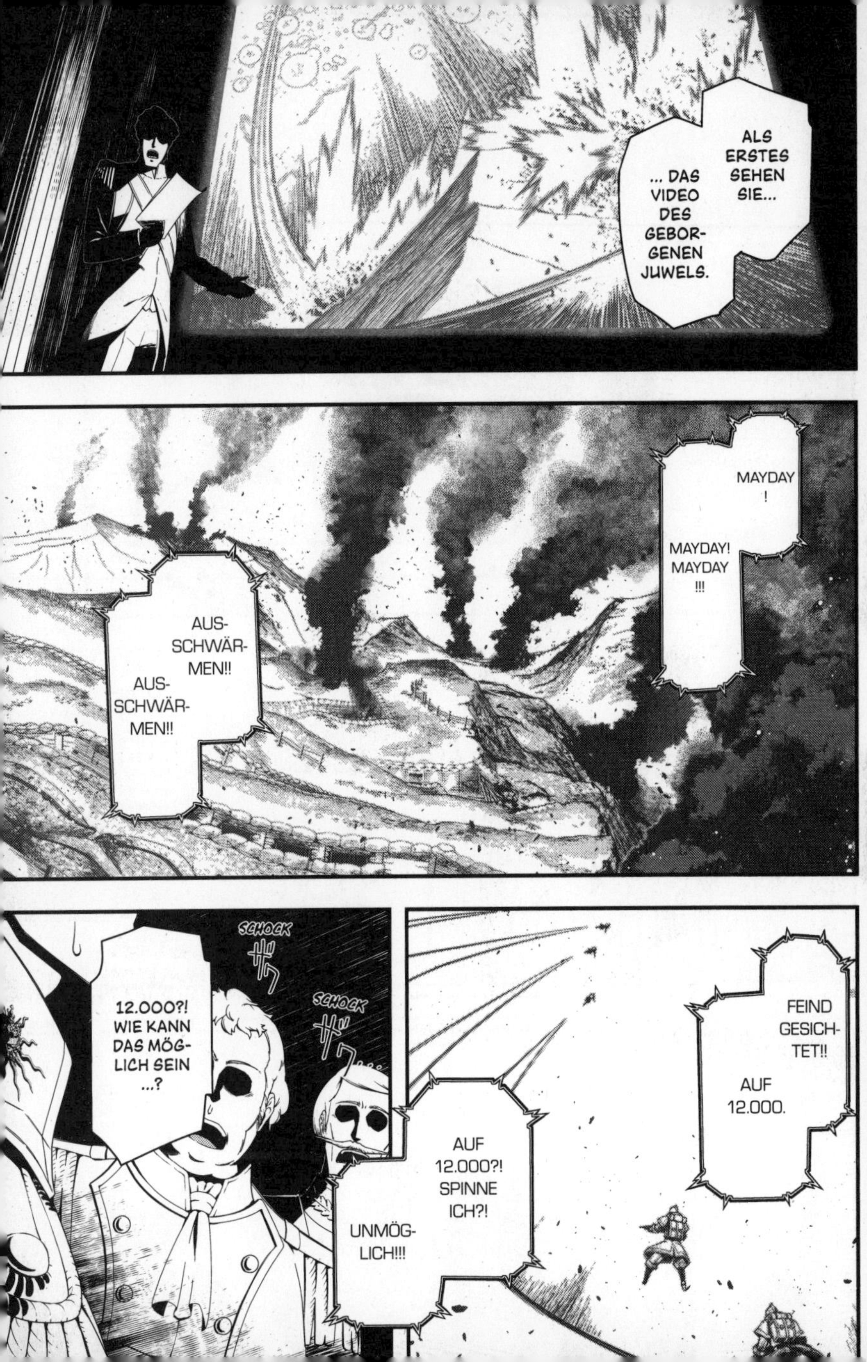

ALS ERSTES SEHEN SIE...

... DAS VIDEO DES GEBORGENEN JUWELS.

MAYDAY!

MAYDAY! MAYDAY!!!

AUS-SCHWÄR-MEN!!

AUS-SCHWÄR-MEN!!

12.000?! WIE KANN DAS MÖG-LICH SEIN ...?

SCHOCK

SCHOCK

AUF 12.000?! SPINNE ICH?!

UNMÖG-LICH!!!

FEIND GESICH-TET!!

AUF 12.000.

VOR CA. ZWEI MONATEN VERBREITETE SICH EIN GERÜCHT AN DER FRONT.

EIN AEROMAGISCHER ZAUBERER WÜRDE ES IM ALLEINGANG MIT KOMPLETTEN KOMPANIEN AUFNEHMEN!

UND DASS ER IN UNMÖGLICHEN HÖHEN FLIEGE... WIR DACHTEN ZUNÄCHST, DAS SEIEN AUSREDEN FÜR NIEDERLAGEN.

KLACK KLACK

KLACK

KLACK KLACK

STOPP! WER IST DIE TEUFELIN VOM RHEIN?

EINE UNBEKANNTE »NAMHAFTE«.

TEUFELIN VOM RHEIN!!

DER HEUTIGE TAG WIRD DEIN VERDERBEN!!!

ALLERDINGS HAT NIEMAND MIT SICHTKONTAKT ÜBERLEBT UND DIE ÄUSSEREN HÜLLEN DER JUWELEN SIND GESCHMOLZEN, DIE KERNE DADURCH BESCHÄDIGT.

IN 17 FÄLLEN KONNTEN WIR DIE RECHENJUWELEN VON ABGESTÜRZTEN BERGEN.

WURDE DIE AUFNAHME HINREICHEND ANALYSIERT?

HEISST DAS, WIR WISSEN EIGENTLICH NICHTS?

MAN HAT SIE NUR ÜBER DIE MANASIGNATUR ERKANNT.

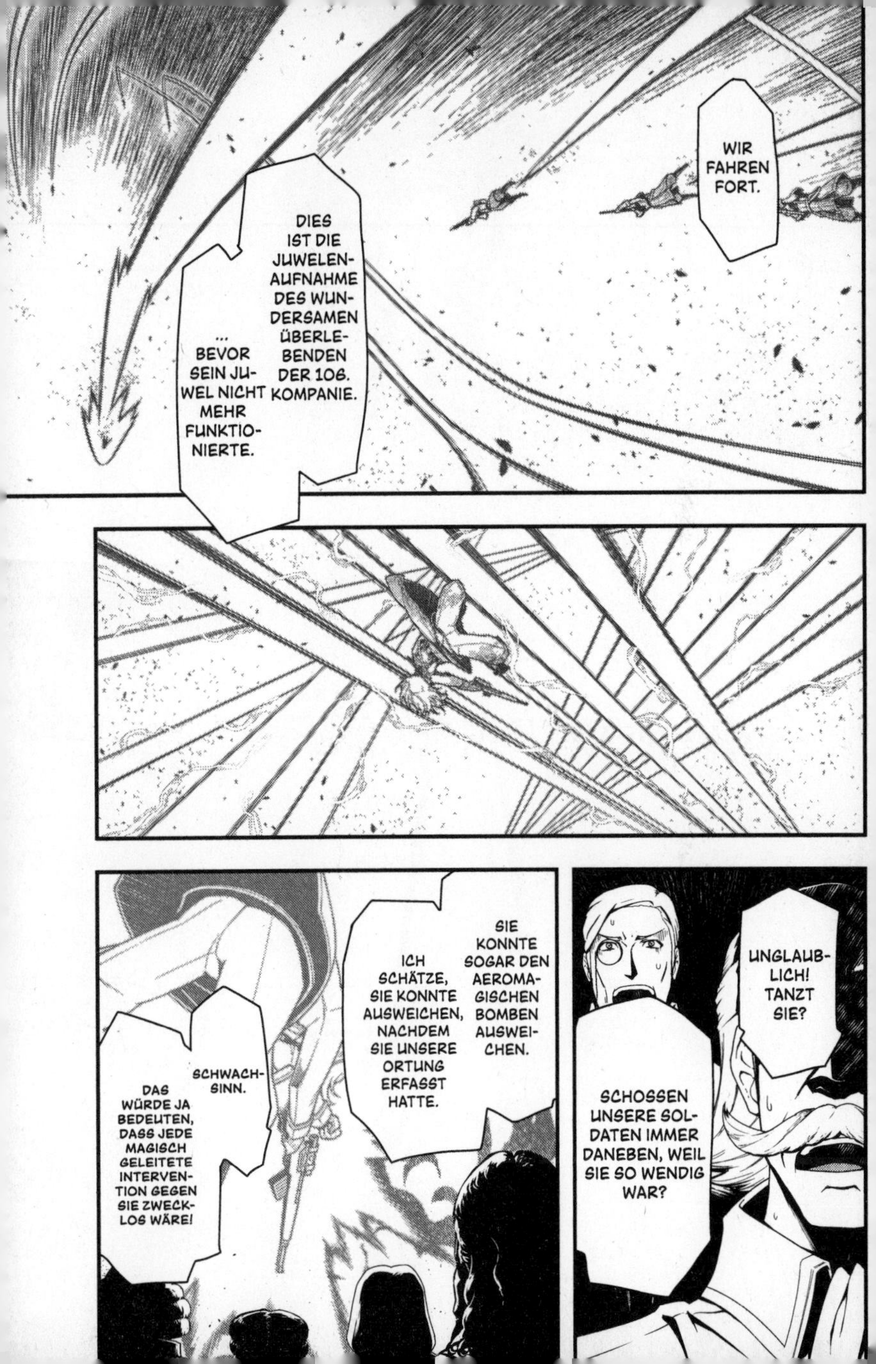

WIR FAHREN FORT.

DIES IST DIE JUWELEN-AUFNAHME DES WUNDERSAMEN ÜBERLE-BENDEN DER 106. KOMPANIE.

... BEVOR SEIN JU-WEL NICHT MEHR FUNKTIO-NIERTE.

SIE KONNTE SOGAR DEN AEROMA-GISCHEN BOMBEN AUSWEI-CHEN.

ICH SCHÄTZE, SIE KONNTE AUSWEICHEN, NACHDEM SIE UNSERE ORTUNG ERFASST HATTE.

SCHWACH-SINN.

DAS WÜRDE JA BEDEUTEN, DASS JEDE MAGISCH GELEITETE INTERVEN-TION GEGEN SIE ZWECK-LOS WÄRE!

UNGLAUB-LICH! TANZT SIE?

SCHOSSEN UNSERE SOL-DATEN IMMER DANEBEN, WEIL SIE SO WENDIG WAR?

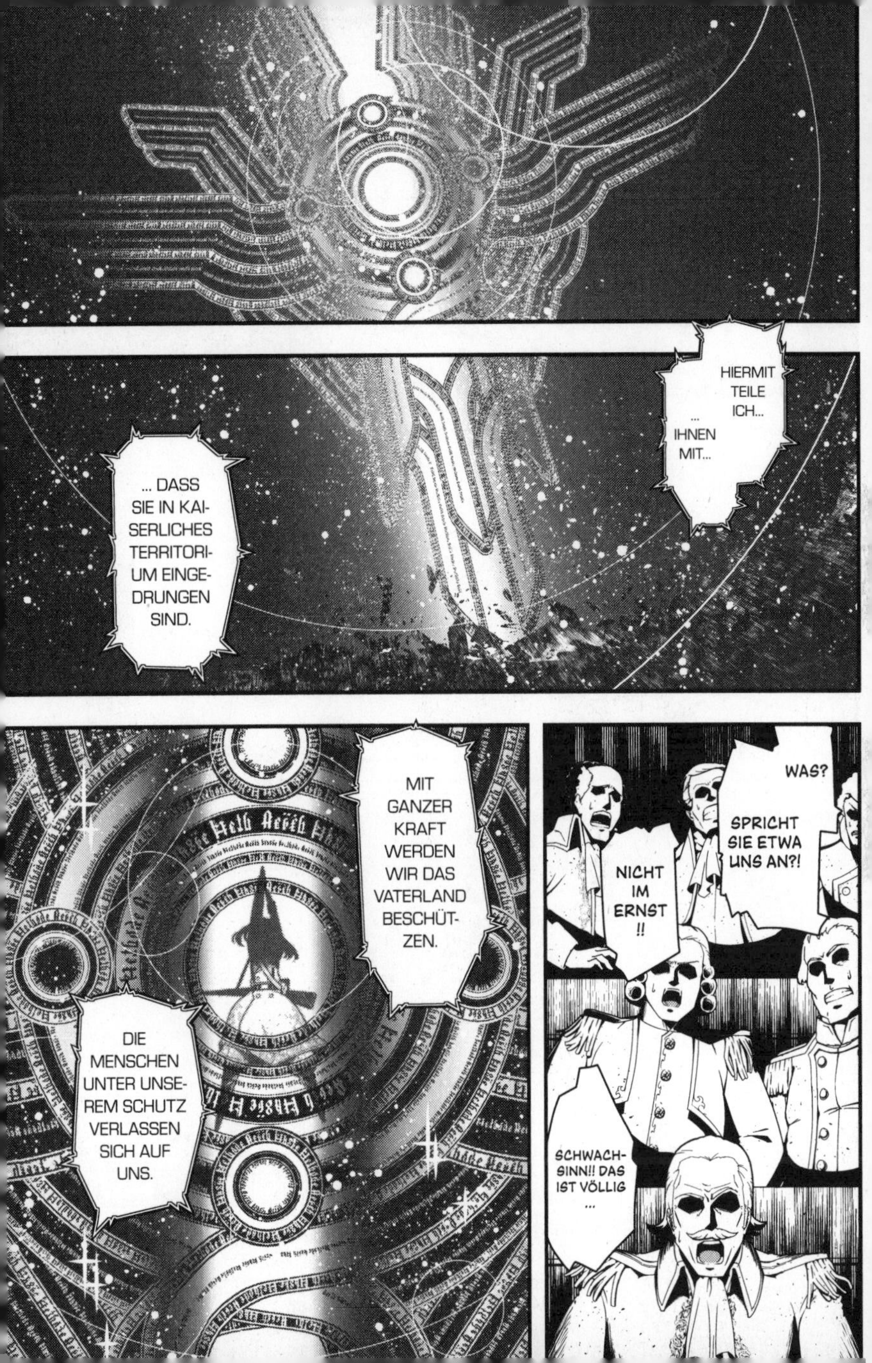

HIERMIT TEILE ICH...

... IHNEN MIT...

... DASS SIE IN KAISERLICHES TERRITORIUM EINGEDRUNGEN SIND.

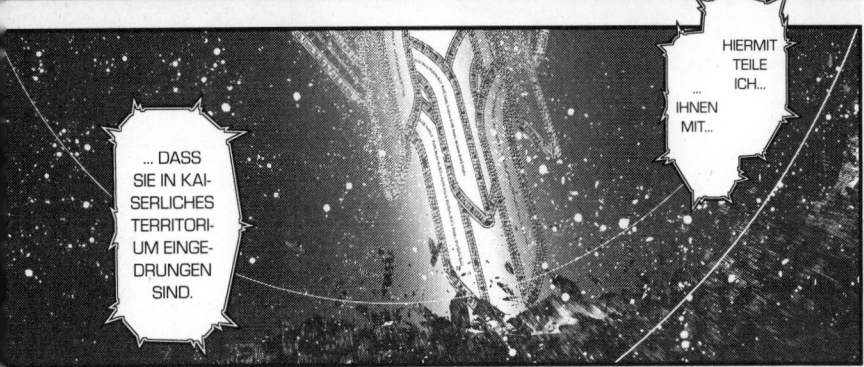

MIT GANZER KRAFT WERDEN WIR DAS VATERLAND BESCHÜTZEN.

DIE MENSCHEN UNTER UNSEREM SCHUTZ VERLASSEN SICH AUF UNS.

WAS?

SPRICHT SIE ETWA UNS AN?!

NICHT IM ERNST!!

SCHWACHSINN!! DAS IST VÖLLIG ...

IHR KLEINEN SCHAFE, GLAUBT AN DIE GNADE GOTTES!
OH HERR...
... SIE WISSEN NICHT, WAS SIE TUN.

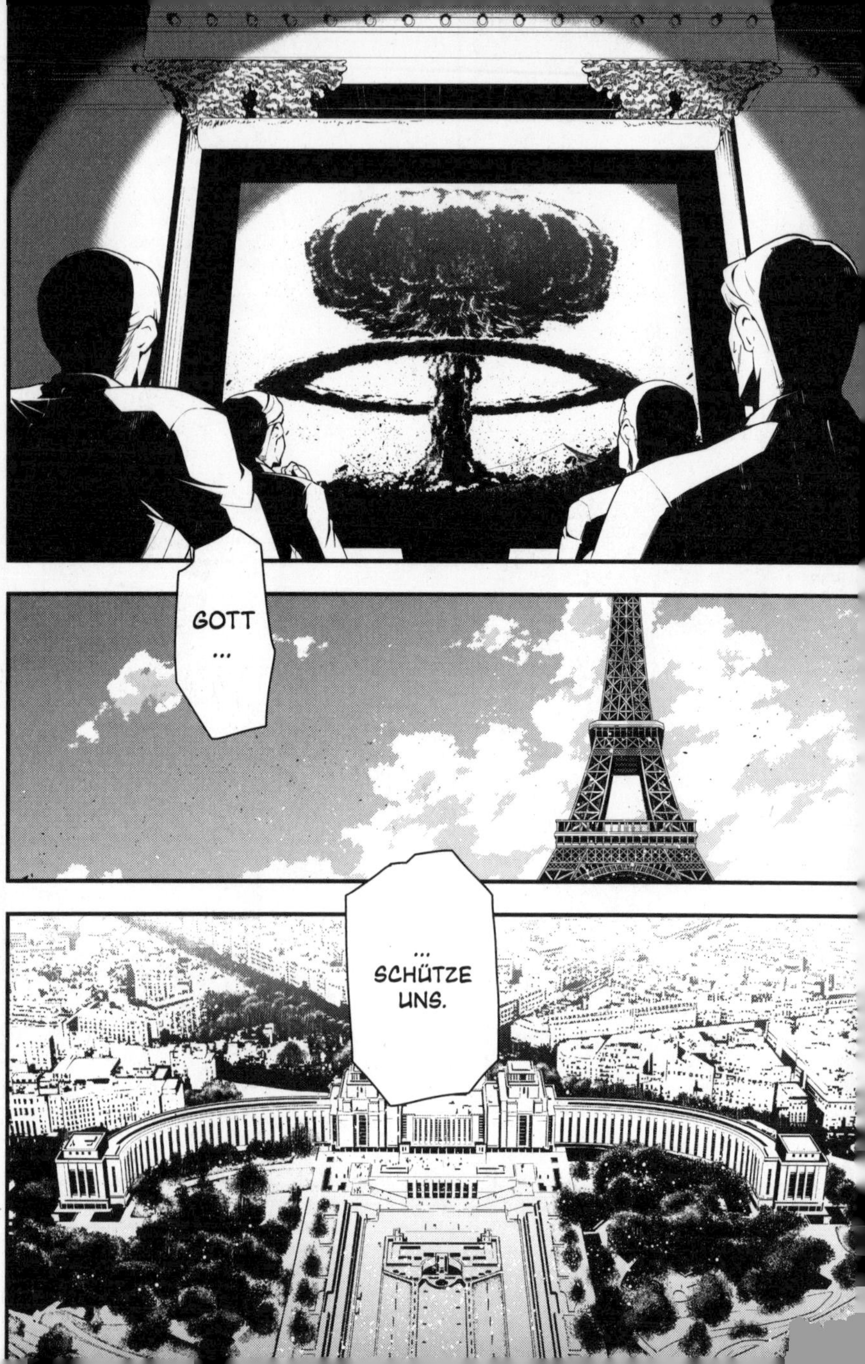
GOTT
...
... SCHÜTZE UNS.

EIN JAHR SPÄTER.
EINHEITLICHER KALENDER, 1924.

KAISERLICHE
HAUPTSTADT BERN.

ES IST
NUN SO
WEIT.

WIR
BEGINNEN MIT
DER BESPRE-
CHUNG ZUM
AUSWAHLVER-
FAHREN DER
KAISERLICHEN
MILITÄRAKA-
DEMIE.

KAISERLICHE MILITÄRAKADEMIE, VERSAMM-
LUNGSHALLE DES AUSWAHLVERFAHRENS.

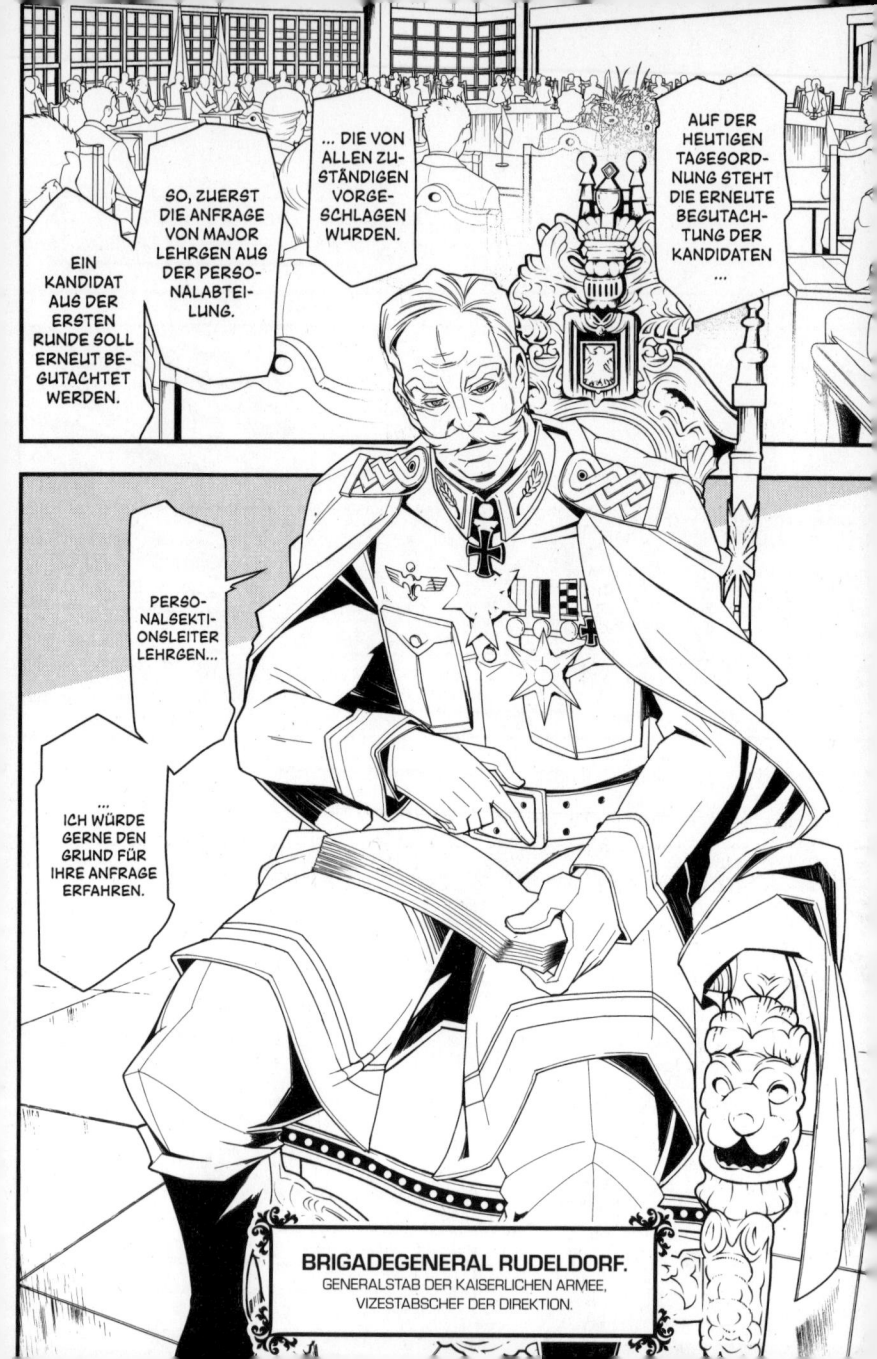

AUF DER HEUTIGEN TAGESORDNUNG STEHT DIE ERNEUTE BEGUTACHTUNG DER KANDIDATEN ...

... DIE VON ALLEN ZUSTÄNDIGEN VORGESCHLAGEN WURDEN.

SO, ZUERST DIE ANFRAGE VON MAJOR LEHRGEN AUS DER PERSONALABTEILUNG.

EIN KANDIDAT AUS DER ERSTEN RUNDE SOLL ERNEUT BEGUTACHTET WERDEN.

PERSONALSEKTIONSLEITER LEHRGEN...

... ICH WÜRDE GERNE DEN GRUND FÜR IHRE ANFRAGE ERFAHREN.

BRIGADEGENERAL RUDELDORF.
GENERALSTAB DER KAISERLICHEN ARMEE,
VIZESTABSCHEF DER DIREKTION.

... WIE SOLL ICH SAGEN...

... EIN HERVORRAGENDER KANDIDAT.

BETRACHTET MAN DIE PAPIERE...

... IST ES TATSÄCHLICH...

IN JEDER HINSICHT EIN VORTREFFLICHER OFFIZIER.

MILITÄRISCHE VERDIENSTE.

UNTERSUCHUNGSBERICHTE VON DER MILITÄRPOLIZEI.

HINTERGRUNDPRÜFUNG DES INFORMATIONSBÜROS.

ERFOLGREICH AN DER OFFIZIERSSCHULE.

EMPFEHLUNGEN IHRER KAMERADEN.

IN DER TAT.

ALLES GROSSARTIG. BETRACHTET MAN DIESE LEISTUNGEN, SO HANDELT ES SICH UM EINEN TOPKANDIDATEN, WENN NICHT GAR DEN BESTEN.

DENNOCH ...

ES FÄLLT MIR SCHWER, DEM AERO-MAGISCHEN LEUTNANT DEGU-RECHAFF ...

... DIE ZULASSUNG ZUR MILI-TÄRAKA-DEMIE ZU GEWÄHREN!!

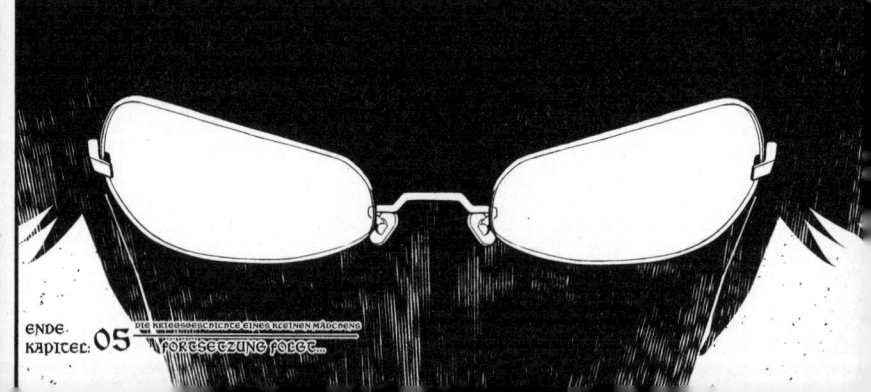

DIE KRIEGSGESCHICHTE EINES KLEINEN MÄDCHENS

FORTSETZUNG FOLGT ...

Glossar Kapitel : 03

SCHÜTZENGRABEN

EIN VON INFANTERISTEN AUSGEHOBENER GRABEN, DER ZUM SCHUTZ VOR BESCHUSS DIENT. OFT HABEN DIE SCHÜTZENGRÄBEN EINE ZICKZACKFORM, DAMIT DIE SOLDATEN BEI EINEM BOMBENABWURF VOR DRUCKWELLEN SICHER SIND. ZUSÄTZLICH BEFINDEN SICH IM BODEN DES GRABENS SCHÄCHTE, IN DIE ABGEWORFENE BOMBEN WEITERGELEITET WERDEN KÖNNEN. EIN SCHÜTZENGRABEN BIETET ALLERDINGS KEINEN VOLLKOMMENEN SCHUTZ GEGEN PANZER, GIFTGAS UND GRANATWERFER, WESWEGEN MANCHE GRÄBEN MIT WEITEREN PRÄVENTIVMASSNAHMEN AUSGESTATTET SIND WIE GASMASKEN, UNTERSTÄNDEN ODER PANZERSICHEREN PASSAGEN. EINEN GUT VORBEREITETEN GRABEN ZU ÜBERWINDEN, IST DAHER GAR NICHT SO LEICHT.

ZUM DURCHBRECHEN EINES SCHÜTZENGRABENS EIGNEN SICH BOMBARDIERUNGEN, STURMANGRIFFE ODER DAS AUSNUTZEN VON SCHWACHSTELLEN IN DER KONSTRUKTION SOWIE DAS STÖREN DER FEINDLICHEN KOMMUNIKATION. OBWOHL SCHÜTZENGRÄBEN EINEN VORTEIL FÜR DIE VERTEIDIGENDE SEITE DARSTELLEN, KÖNNEN SIE GLEICHZEITIG ZUR TÖDLICHEN SACKGASSE AN DER FRONT WERDEN.

PILLBOX-BUNKER

EINE ABWEHREINRICHTUNG, DIE IN BETON ODER STEIN EINGEFASST IST. DIE KONSTRUKTIONEN KÖNNEN SEHR EINFACH SEIN, U. A. AUS SANDSÄCKEN ODER BAUMSTÄMMEN BESTEHEN. SCHIESSLUKEN IN DEN WÄNDEN DIENEN DAZU, DEN FEIND ABZUFANGEN, WENN SEINE STELLUNG VERIFIZIERT WURDE. DOCH SIND DIE SCHUTZ- UND ABWEHRÖFFNUNGEN MEIST KLEIN UND DIE SICHT DADURCH EHER SCHLECHT. UM DER PROBLEMATIK DES TOTEN WINKELS ENTGEGENZUWIRKEN, ERRICHTET MAN I. D. R. EINE VIELZAHL AN BUNKERN.

PANZERDIVISION

EINE EIGENSTÄNDIGE DIVISION, IN DEREN MITTELPUNKT DIE PANZERFLOTTE STEHT. DIESE DIVISION WIRD SOWOHL FÜR IHRE HOHE MOBILITÄT ALS AUCH FÜR IHRE KAMPFKRAFT GESCHÄTZT.

EINE BESONDERE STÄRKE IST DER ÜBERFALLARTIGE ANGRIFF. DIE DIVISION VERFÜGT SOGAR ÜBER PANZER, DIE SCHÜTZENGRÄBEN BEZWINGEN KÖNNEN. EINE PANZERDIVISION KANN RASCH IN DAS INNERE DER FEINDLICHEN LINIEN EINDRINGEN UND DURCH EINEN SCHNELLEN SCHLAG DAS INFORMATIONSSYSTEM DER FEINDLICHEN ARMEE AUSSCHALTEN.

Glossar Kapitel : 04

ETAPPE (KRIEGS-ETAPPENWESEN)

DAMIT EINE ARMEE REIBUNGSLOS IHREN PFLICHTEN NACHGEHEN KANN, MUSS SIE MIT GÜTERN WIE NAHRUNGSMITTELN, TREIBSTOFF, PHARMAZEUTISCHEN MITTELN ETC. VERSORGT WERDEN, AUSSERDEM MÜSSEN DIE HYGIENEVORSCHRIFTEN EINGEHALTEN SOWIE WAFFEN UND LAGER REGELMÄSSIG INSPIZIERT WERDEN. DIESE AUFGABEN GEHÖREN ZUR VERANTWORTUNG DER ETAPPE. EINE ARMEE VERBRAUCHT TÄGLICH GROSSE MENGEN AN GÜTERN, DABEI DIENT DIE ETAPPE ALS LEBENSADER. KOMMEN DIESE GÜTER WEGEN UNTERBRECHUNG DER ETAPPE NICHT AN DER FRONT AN, WIRD ES UNMÖGLICH, DIE SCHLACHT FORTZUSETZEN. DESHALB SAGT MAN AUCH, DER KRIEG SETZT SICH ZU GLEICHEN TEILEN AUS STRATEGIE, KAMPFTECHNIK UND DER ETAPPE ZUSAMMEN. DEHNT SICH DIE FRONT, WIE IM FALLE DER KAISERLICHEN ARMEE, DURCH RASCHES VORRÜCKEN ZU SCHNELL IN VERSCHIEDENE RICHTUNGEN AUS, KANN DIE ETAPPE MÖGLICHERWEISE NICHT MITHALTEN. INFOLGEDESSEN KANN EINE ARMEE IHREM FEIND DANN NICHT IHRE TATSÄCHLICHE MACHT DEMONSTRIEREN. DAHER IST ES WICHTIG, DASS DIE SICHERUNG DER ETAPPEN PARALLEL ZUR AUSWEITUNG DER FRONT VERLÄUFT.

BATAILLON, KOMPANIE UND ZUG

EINE ARMEE SETZT SICH AUS EINHEITEN UNTERSCHIEDLICHER GRÖSSENORDNUNGEN ZUSAMMEN (WIE Z. B. DIVISIONEN UND BRIGADEN).

INNERHALB EINER ARMEE GIBT ES WEITERE DIFFERENZIERUNGEN: EINE GRUPPE MIT BIS ZU EINEM DUTZEND SOLDATEN NENNT MAN EINEN ZUG. EINE GRUPPE, DIE SICH AUS MEHR ALS ZWEI ZÜGEN ZUSAMMENSETZT, IST EINE KOMPANIE. UND EINE GRUPPE, DIE AUS MEHR ALS ZWEI KOMPANIEN BESTEHT, IST EIN BATAILLON. EIN ZUG IST DIE KLEINSTE EINHEIT UND WIRD VON EINEM OFFIZIER GEFÜHRT (MILITÄROFFIZIER MIT EINEM RANG HÖHER ALS LEUTNANT).

FÜR GEWÖHNLICH WIRD EIN BATAILLON VON JEMANDEM MIT EINEM RANG HÖHER ALS MAJOR GELEITET.

DOKTRIN

EIN GRUNDPRINZIP DER POLITIK, DIPLOMATIE ODER DES MILITÄRS. IM MILITÄRISCHEN SINNE IST ES EIN BESONDERER LEITFADEN ZUR FÜHRUNG EINER ARMEE. OB MAN IM KRIEG EINE ZÜGIGE ENTSCHEIDUNG FORCIERT ODER MIT GROSSINVESTITIONEN DIE STRATEGIE DER MATERIELLEN ÜBERLEGENHEIT ANPEILT, LIEGT LETZTEN ENDES IN DER HAND DES MILITÄRS. IM PRINZIP KANN MAN SAGEN, DASS DIE DOKTRIN ALLES BESCHREIBEN KANN, WAS VON EINER ARMEE ALS WERTVOLL ODER WICHTIG ERACHTET WIRD.

ZWAR GILT IN DER ARMEE MEIST DAS TOP-DOWN-PRINZIP (ÜBERMITTLUNG DER WÜNSCHE DER VORGESETZTEN AN DIE UNTERGEBENEN), DOCH IST DER HANDLUNGSSPIELRAUM NICHT DARAUF BEGRENZT, DASS EIN BEFEHL STETS VON OBEN NACH UNTEN ÜBERMITTELT WIRD. DA MAN UNTER UMSTÄNDEN SPONTAN HANDELN MUSS, BILDET DIE DOKTRIN SOZUSAGEN DIE GRUNDLAGE DER ENTSCHEIDUNGEN EINER EINHEIT. OB EINE GESCHWÄCHTE EINHEIT LIEBER WEITERKÄMPFEN ODER SICH ZURÜCKZIEHEN SOLLTE, OBLIEGT DER ENTSCHEIDUNGSGEWALT DES EINHEITENFÜHRERS, DER SICH HIERFÜR AN DER DOKTRIN ORIENTIERT.

EINHEITLICHER KALENDER, 1924.

KAISERSTADT BERN.

ICH FINDE ES SCHWIERIG, DEM KANDIDATEN...

VERSAMMLUNGSHALLE FÜR DAS AUSWAHLVERFAHREN DER KAISERLICHEN MILITÄRAKADEMIE.

...DIE ZULASSUNG ZUR MILITÄRAKADEMIE ZU GEWÄHREN.

MAJOR LEHRGEN.
PERSONALSEKTIONSLEITER DER KAISERLICHEN ARMEE.

... UND GARANTIERT VERTRAUENSWÜRDIG.

LAUT NACHRICHTENDIENST BESONDERS PATRIOTISCH ...

KEINE REIBEREIEN MIT DER MILITÄRPOLIZEI.

DIE OFFIZIERSSCHULE ALS ZWEITBESTER ABGESCHLOSSEN.

BRIGADEGENERAL RUDELDORF
GENERALSTAB DER KAISERLICHEN ARMEE,
VIZESTABSCHEF DER DIREKTION.

UND OBENDREIN HAT ER DIE ERSTE PRÜFUNG BESTANDEN.

EIN OFFIZIER, DER SOGAR VON DEN KAMPFEINHEITEN EMPFOHLEN WURDE.

VIELE DER SCHLÜSSELFIGUREN DER ARMEE HABEN ES ERST NACH DER ZWEITEN ODER DRITTEN PRÜFUNG GESCHAFFT.

DIE BEGUTACHTUNG IST UNPARTEIISCH UND ALLE KANDIDATEN BLEIBEN ANONYM.

KANDIDATEN, DIE NICHT DIE AUFNAHME IN DIE MILITÄRAKADEMIE SCHAFFEN, KÖNNEN EIN ZWEITES ODER GAR DRITTES MAL UNTER ANDEREN FAKTOREN BEGUTACHTET WERDEN.

IN DER KAISERLICHEN ARMEE WIRD DIVERSITÄT GROSSGESCHRIEBEN.

EIN BEISPIEL AUS DEN LETZTEN JAHREN...

... SIND DIE SOGENANNTEN »ZWEI KRÄHEN«, RUDELDORF UND SEETOUR.

... HÄTTE »ZWAR SCHARF-SINN UND KRAFT, ABER NEIGE ZUM FANTASIE-REN«.

DER LETZTE-RE...

BEI ERS-TEREM...

TROTZDEM BESTANDEN SIE SPÄTER.

... BEFÜRCHTETE MAN, ER SEI »ZU SEHR WISSEN-SCHAFTLER, UM GENERAL ZU WERDEN«.

... HEUTE ALS DIE SÄULEN ERACHTET, AUF DENEN DIE ZUKUNFT DES KAISERREICHS LASTET.

UND WERDEN ...

... DANN HABEN WIR DIESES SEMESTER KEINEN EINZIGEN STUDENTEN ZUGELASSEN.

WENN WIR DIESEN KANDIDATEN ABLEHNEN...

WIR WERDEN DIESES MAL EINE AUSNAHME MACHEN UND DIE ANONYMITÄT AUFHEBEN.

BITTE WERFEN SIE EINEN BLICK AUF DIE VERSIEGELTEN UNTERLAGEN.

STILLE

ALS EMPFÄNGERIN DER SILBERSCHWINGEN-MEDAILLE BILDET SIE EINE AUSNAHME.

SIE WURDE SOGAR FÜR DIE AEROMAGISCHE KAMPFMEDAILLE VORGESCHLAGEN.

EINE OFFIZIERIN, DIE WIR HÄNDERINGEND GENOMMEN HÄTTEN...

NUR HANDELT ES SICH BEI DIESER OFFIZIERIN UM EINE ELFJÄHRIGE.

HAT SCHON IN DER AUSBILDUNG GEARBEITET, SIE IST EIN ASS DER ASSE. SIE WIRD »TANYA WEISSSILBER« GENANNT.

IHR KILL-SCORE LIEGT BEI 62 (BEI 32 KILLS ASSISTIERT).

MIT DER SILBERSCHWINGEN-MEDAILLE AUSGEZEICHNET UND FÜR DIE AEROMAGISCHE KAMPFMEDAILLE VORGESCHLAGEN.

DIE KADETTENSCHULE ALS ZWEITBESTE ABGESCHLOSSEN.

IM ZARTEN ALTER VON ELF JAHREN ZUM OBERLEUTNANT BEFÖRDERT.

KRUSCHEL

WUSCH

... BESSER KANN MAN ES NICHT BESCHREI-BEN.

EIN AUS-NAHME-GENIE...

... OB ICH MICH KAPUTT-LACHEN SOLL.

KEINE AHNUNG ...

... ES IST ETWAS ANDE-RES, ALS STABSOFF-IZIER ZU DIENEN.

EGAL, WIE GUT SIE ALS MAGISCHE OFFIZIER-IN IST...

TUSCHEL

... IHR ALTER IST...

OBWOHL WIR DRIN-GEND MEHR MAGISCHE OFFIZIERE AUSBILDEN MÜSSTEN...

TUSCHEL

TUSCHEL

TUSCHEL ...

IHR TAKTI-SCHES WIS-SEN KÖNNTE MANGELHAFT SEIN.

IHRE TRAININGS-LAUFBAHN ALS OFFI-ZIERIN IST KURZ.

SIE HAT ZUDEM VIELE EMPFEH-LUNGEN. FORMAL IST ALLES MEHR ALS IN ORD-NUNG.

... SIND NICHT DAS THEMA.

IHRE FÄHIGKEI-TEN UND MILITÄRI-SCHEN VER-DIENSTE ...

KEINESWEGS INFANTIL. ES HANDELT SICH UM EINEN AUSSERORDENTLICH FACHKUNDIGEN TEXT.

WOW

WOW-WOW

WOW

DASS EINE SCHÜLERIN DER OFFIZIERSSCHULE SO EINE BAHNBRECHENDE ARBEIT SCHREIBT.

DAMALS WAR SIE NEUN JAHRE ALT UND NOCH AN DER OFFIZIERSSCHULE.

DIE ABTEILUNG FÜR EISENBAHNWESEN HAT SIE DAFÜR HOCH GELOBT.

BEI DOKUMENT 557 HANDELT ES SICH UM IHRE ABSCHLUSSARBEIT.

DIE KURZFASSUNG IST EINFACH UND KLAR.

OHNE ZWEIFEL BEWUNDERNSWERT.

DAS ZIEL IST ES, DIE LAGERUNGSDATEN GENAU IM AUGE ZU BEHALTEN, UM UNNÖTIGES HAMSTERN AUSZUSCHLIESSEN.

SICHERUNG DER ETAPPEN.

STANDARDISIERUNG VON PACKMATERIAL UND STANDORTE DER DEPOTS SORGEN FÜR EINE REIBUNGSLOSE DISTRIBUTION.

DIE BEDEUTUNG VON GÜTERDEPOTS.

DEPOT

EIN KLEINES MATERIALLAGER. DIE DISTRIBUTIONSKETTE BEGINNT IM HINTERLAND UND VERSORGT DIE VORDERSTE FRONT MIT NACHSCHUB VIA ZWISCHENSTATIONEN, DEN SOGENANNTEN ETAPPEN.

amasan

ICH MÖCHTE ...

... DASS SIE MIR ZUR VERFÜGUNG STEHT.

DIE GE-SCHICHTE DARÜBER IST UNTER ETAPPENLEUTEN BERÜHMT.

DASS EINE NEUNJÄHRIGE IMSTANDE WAR, SO ETWAS ZU VERFASSEN...

NACHDEM DER GENERAL-INSPEKTEUR DER BAHN DIE ARBEIT LAS, WOLLTE ER DIE AUTORIN UNBEDINGT IN SEINER ABTEILUNG HABEN.

MÜSSEN WIR DIE ERNEUTE BE-GUTACHTUNG NOCH FORT-SETZEN?

MEINER ANSICHT NACH...

... BESTEHT DAFÜR KEINE NOTWEN-DIGKEIT.

...IST LEUTNANT DEGURECHAFF, ABGESEHEN VON IHREM ALTER, EINE HERAUSRAGENDE OFFIZIERIN.

AUSGEHEND VON DEM, WAS ICH HIER LESE...

TROTZDEM HAT NIEMAND DIE ENTSCHEIDUNG INFRAGE GESTELLT.

... AUF DEM SCHLACHTFELD EBENFALLS GEPRIESEN.

AUSSERDEM WURDEN IHRE FÄHIGKEITEN IM EINSATZ...

FÜR IHRE GROSSEN TATEN IM NORDEN GELOBT UND VOM BEFEHLSHABER DER FRONT, DEM BRIGADEGENERAL, FÜR DIE MILITÄRAKADEMIE VORGESCHLAGEN...

WER HAT SIE ABGELEHNT?

WARUM HAT MAN SIE DAMALS NICHT GEPRÜFT?

ES STECKT WOHL MEHR DAHINTER.

AUFGRUND IHRES ALTERS UND MANGELN- DER KRIEGS- VERDIENSTE.

DAS WAR ICH.

WAS VER- BIRGT ER?

MAJOR LEHRGEN.

WIE ER- WARTET.

WAS SIND DIE BEWEG- GRÜNDE FÜR IHRE ERNEUTE ABLEH- NUNG?

LASSEN WIR IHRE DAMALIGE ENTSCHEI- DUNG BEISEITE.

ICH MÖCHTE IHRE UNPAR- TEILICHKEIT NICHT AN- ZWEIFELN.

MILITÄRAKADEMIE I

DER AKADEMISCHE
AUSWAHLKONGRESS

DIE KRIEGSGESCHICHTE
EINES KLEINEN MÄDCHENS

KAPITEL: 06

DREI JAHRE VORHER.
EINHEITLICHER KALENDER, 1921.
MAGISCHE OFFIZIERSSCHULE,
KAISERSTADT BERN.

... GLAUBTE ICH, SIE SEI EINE EXZELLENTE KADETTIN.

BEIM ERSTEM MAL...

IN DER MITTE DURCH-BRECHEN.

WELCHE TAKTIK WÜRDEN SIE ANWENDEN, WENN SIE HALB UMZIN-GELT VON FEINDLICHEN TRUPPEN WÄREN?

OBERKA-DETTIN DE-GURECHAFF, STELLEN SIE SICH VOR, SIE SIND IN OFFENSIVER STELLUNG.

IM RÜCKEN DER FEIND-LICHEN LINIE AUSSCHWÄR-MEN UND DEN FEIND EINKESSELN.

JA-WOHL.

... SO ALS HÄTTE SIE DIE ANTWORTEN SCHON GEKANNT.

EGAL, WIE SCHWIERIG SEINE FRAGEN WAREN, SIE ANTWORTETE IMMER DIREKT...

UND AUCH DANACH KONNTE SIE DIE FRAGEN DES LEHRERS GENAU BEANTWORTEN.

ALS VERTRETERIN DER OBERKADETTEN STAND SIE AUF EINEM PODEST UND WAR DIE JÜNGSTE ANWESENDE PERSON.

DIE ZWEITE BEGEGNUNG WAR, ALS SIE UNTERKADETTEN INSTRUIERTE.

DENJENIGEN...

... DIE ES DURCH DAS SCHMALE TOR DER MAGISCHEN OFFIZIERSSCHULE GESCHAFFT HABEN...

... GRATULATION.

ICH BIN OBERKADETTIN TANYA DEGU-RECHAFF UND WERDE EUCH UNTERKADETTEN ALS FELDTRAINERIN ANLEITEN.

... VON EINEM NEUNJÄHRIGEN MÄDCHEN.

... HÄTTE MICH STUTZIG MACHEN SOLLEN. EIN SO REIFES VERHALTEN...

DIE NÜCHTERN-HEIT DIESER GLÜCKWÜN-SCHE...

... BEFINDEN WIR UNS AKTUELL IN EINER SCHWIE-RIGEN LAGE...

... DAHER WIRD VON UNS ALLEN STETS UNSER BESTES ERWARTET.

OFFEN GESAGT ...

ICH WILL SIE SOFORT IN DER ARMEE HABEN...

... DACHTE ICH DA-MALS.

EINE EINSTEL-LUNG, DIE SELBST UNTER AKTIVEN OFFIZIEREN EHER SEL-TEN WAR.

ABER SIE SCHIEN WIE JEMAND, DER DAS WIRKLICH ERNST NAHM.

DASS SICH DIE KRIEGS-LAGE VER-SCHLECHTERT HATTE, WAR ALLGEMEIN BEKANNT.

... WERDE ICH EUCH SELBST AUSSIEBEN.

... IN DEN 48 STUNDEN HERAUSZU-FINDEN, OB IHR INKOMPE-TENT SEID...

WENN IHR ES NICHT SCHAFFT ...

TJA.

UND LANGE HABEN WIR EH NICHT, BEVOR WIR NACH WALHALLA GEHEN.

WILLKOMMEN IN DER HÖLLE, KADETTEN!

EINE AUSBILDE-RIN, DIE AUF DIE KOSTENEFFEKTI-VITÄT ACHTETE. SEHR KOMPE-TENT. ABER SIE, SIE WAR NUR...

... EIN KLEINES MÄD-CHEN.

HÄTTE EIN VETERAN VOM SCHLACHTFELD SO WAS VON SICH GEGEBEN, HÄTTEN ALLE BLOSS GENICKT.

DU ZUCKST JA WIE IM BALLSAAL, VERSUCHST DU MICH ZU VERFÜHREN?!

MIT SO EINEM KNOCHIGEN ARSCH VERSUCHST DU MICH ZU VERFÜHREN?

DAS DRITTE MAL WAR ENTSCHEIDEND.

DEGURECHAFF BESTRAFTE EINEN UNTERKADETTEN, DER SICH IHR GEGENÜBER AUFLEHNTE.

VERMUTLICH HATTE SIE SEIN SCHMERZZENTRUM MIT EINEM INTERFERENZZAUBER AKTIVIERT.

MIT ERNSTER
MIENE SAGTE
SIE DANN ZUM
LEHRER...

... »ICH
SCHÄME
MICH, DASS
ICH UNFÄHIG
BIN, UNTER-
GEBENE AUF
BEFRIE-
DIGENDE
WEISE...

... ZU
LEITEN
«.

DER
DAMALIGE
LEHRER
TEILTE
MIR SEINE
ANSICHT
DAZU MIT.

ER BE-
SCHRIEB ES
MIT EINEM
WORT. »AB-
NORMAL«.

STILLE

ABER SIE WAR EINE KADETTIN, DIE IHRE MITMENSCHEN GANZ KLAR WIE OBJEKTE BEHANDELTE.

ZWEIFELLOS BESITZT SIE EINE VOLL ENTWICKELTE PERSÖNLICHKEIT UND GEISTIGEN HORIZONT.

ES WAR ABNORMAL.

... EINEN ANTRAG FÜR DIE ZWEITE KLASSE DES EISERNEN KREUZES GESTELLT.

UM GENAUER ZU SEIN, HABEN BRIGADEGENERAL WARKOW UND DER NACHRICHTENDIENST...

VOM LEVEL HER WAR SIE EIGENTLICH GEFECHTSBEREIT.

... DEKORIEREN?

EINE NEUNJÄHRIGE MIT EINER MEDAILLE...

TUSCHEL

... ,,

WÄHREND DES FELDTRAININGS?!

VOR ZWEI JAHREN ...

... UND DIE HABEN ANGEDEUTET, SIE SEI MÖGLICHERWEISE TEIL EINER GEHEIMEN MILITÄRISCHEN OPERATION GEWESEN.

WIR HABEN DEN NACHRICHTENDIENST UNTER DRUCK GESETZT...

...
NAHM SIE
ERFOLGREICH
AN EINER
LANGSTRE-
CKEN-INFILT-
RATION BEI
NACHT TEIL.

WÄHREND
DIE KADETTIN
TANYA DEGU-
RECHAFF NOCH
IN AUSBILDUNG
WAR...

SIE ÜBERNAHM
DURCH ZUFALL
DIE FÜHRUNG VON
EINER ZERSTREUTEN
EINHEIT, DURCH-
QUERTE FEINDLI-
CHES GEBIET UND
BEFREITE EINE ISO-
LIERTE VERBÜNDETE
BASIS.

DER
NACHRICHTEN-
DIENST DACHTE
ZUNÄCHST, DASS
EIN OBERFELDWE-
BEL DIE FÜHRUNG
ÜBERNOMMEN
HÄTTE.

SIE HÄTTEN
IM TRAUM NICHT
GEDACHT, DASS
ES EINE KADETTIN
IN AUSBILDUNG
WAR.

ICH VERSTEHE IHRE BEDENKEN, MAJOR LEHRGEN.

ABER IHRE MEINUNG IST SEHR SUBJEKTIV.

... DACHTE KEINER DER ANWESENDEN, DASS ES PERSONALSEKTIONSLEITER MAJOR LEHRGEN TATSÄCHLICH UM DAS MÄDCHEN GING.

ZU JENEM ZEITPUNKT IM SITZUNGSSAAL...

TROTZDEM, SIE HABEN IHRE HAUSAUFGABEN GUT GEMACHT.

ZUM EINEN MÜSSEN WIR DEN NACHRICHTENDIENST UNBEDINGT MAL IN DIE MANGEL NEHMEN.

... UND DER AN DER VERSCHWIEGENHEIT DES NACHRICHTENDIENSTES ZWEIFELTE.

SIE NAHMEN AN, DASS ES SICH HIER EINFACH UM EINEN PERSONALSEKTIONSLEITER HANDELTE, DEM FAIRNESS WICHTIG WAR...

... DIE VORGEHENSWEISEN DES NACHRICHTENDIENSTES ZU KRITISIEREN UND SIE UNTER DIE LUPE ZU NEHMEN.

DIE MEISTEN NAHMEN AN, ER VERSUCHE, UNTER EINEM VORWAND...

DIE MILITÄRAKA-DEMIE IST EINE PRÄCHTIGE EINRICHTUNG.

SO IN ETWA WIE EINE UNI.

GENAU, STUDENTIN.

... UND WURDE ALS ABFANGJÄGERIN EINGESPANNT.

... WURDE ICH IMMER AUS DEM SCHLAF GERISSEN, EGAL, OB TAG ODER NACHT...

AN DER RHEIN-FRONT, DER VORDERSTEN FRONT DES WESTENS...

ICH BEKOMME SOGAR DREI WARME MAHL-ZEITEN TÄGLICH.

IM VERGLEICH DAZU GEHT ES HIER SEHR GE-MÄCHLICH ZU.

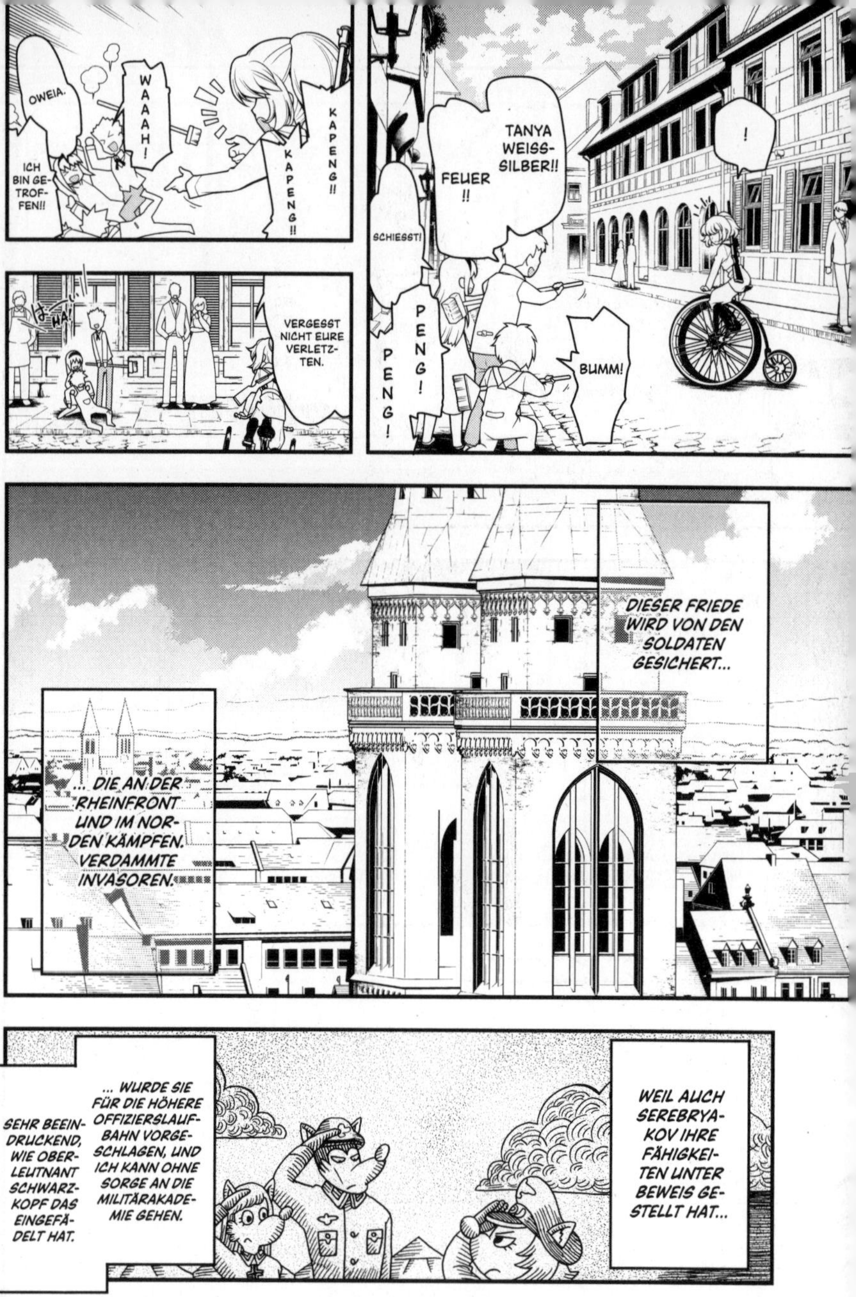

OWEIA.

WAAAH!

ICH BIN GE-TROFFEN!!

KAPENG!!

KAPENG!!

FEUER!!

TANYA WEISS-SILBER!!

SCHIESST!

PENG!

PENG!

PENG!

BUMM!

!

HA!

VERGESST NICHT EURE VERLETZ-TEN.

DIESER FRIEDE WIRD VON DEN SOLDATEN GESICHERT...

...DIE AN DER RHEINFRONT UND IM NORDEN KÄMPFEN. VERDAMMTE INVASOREN.

SEHR BEEIN-DRUCKEND, WIE OBER-LEUTNANT SCHWARZ-KOPF DAS EINGEFÄDELT HAT.

... WURDE SIE FÜR DIE HÖHERE OFFIZIERSLAUF-BAHN VORGE-SCHLAGEN, UND ICH KANN OHNE SORGE AN DIE MILITÄRAKADE-MIE GEHEN.

WEIL AUCH SEREBRYA-KOV IHRE FÄHIGKEI-TEN UNTER BEWEIS GE-STELLT HAT...

IM BILDUNGS- UND FÖRDERSYSTEM DES GLORREICHEN IMPERIUMS MUSS MAN SICH NICHT UM LEBENSUNTERHALT UND STUDIENGEBÜHREN KÜMMERN.

SELBST DAS STUDIUM FOLGT DEM ELITEKURS.

HEUTE IST GOTTESDIENST.

ICH SOLLTE HIN.

TATSÄCHLICH IST DAS SCHON MEIN ZWEITES MAL AN EINER UNI!

MAN HÄLT MICH FÜR EINEN »ÜBERFLIEGER«.

QUIETSCH

ICH WERDE DEN REST MEINES LEBENS HIER IN SICHERHEIT VERBRINGEN! DAS GESCHIEHT DIR RECHT, WESEN X!!!

WIEDER HIER, TANYALEIN. SO FROMM.

VERFLUCHT SEI WESEN X. VERFLUCHT SEI WESEN X. VERFLUCHT SEI WESEN X...

UM JEDEN PREIS GUTE NOTEN BEKOMMEN.

WO PACK ICH DAS GEWEHR HIN, DAS ICH AUS VERSEHEN MITGESCHLEPPT HAB?

NUN DENN.

KAISERSTADT BERN.
CHARLOBURG MILITÄRAKADEMIE.

GUTEN
MORGEN,
OBERLEUT-
NANT DEGU-
RECHAFF.

GUTEN
MORGEN,
KOM-
MANDANT
LAKEN.

ACH WAS,
DAS IST
GANZ UND
GAR NICHT
SCHLIMM.

PEINLICH, ICH
KANN MIR DAS
SCHWER ABGE-
WÖHNEN.

AH.

ENTSCHULDI-
GEN SIE, HA-
BEN SIE HEU-
TE WIEDER
IHR GEWEHR
DABEI?

ES BERUHIGT MICH, DAS VON JEMANDEM IHRES KALIBERS ZU HÖREN.

DANKE.

ICH WOLLTE DOCH WESEN X ABKNALLEN, WENN ER MIR PLÖTZLICH BEGEGNET.

SCHADE LIMONA-DE.

TROTZ IHRES ALTERS STETS KAMPFBEREIT UND IHR VERHALTEN GEGENÜBER VORGESETZTEN IST AUCH ADÄQUAT.

BEWUN-DERNS-WERT.

ICH WOLLTE DIE BIBLIOTHEK NUTZEN, DER LERNRAUM IM WOHNHEIM REICHT MIR NICHT.

HEUTE IST JA RUHETAG UND ES GIBT KEINE VOR-LESUNGEN.

ENTSCHUL-DIGEN SIE DIE FRAGE... WARUM SIND SIE HEUTE HIER?

SIE RIECHT NACH BLUT UND SCHIESS- PULVER.

SIE IST KEINE GÖRE, DIE NOCH NACH WINDELN RIECHT. SIE IST EINE SOLDATIN, AN DER NOCH DER DUFT DES SCHLACHT- FELDS HÄNGT.

SIND SIE BE- SCHEU- ERT?

OBER- FELD- WEBEL.

GANZ SCHÖN HOCHNÄ- SIG, DIE KLEINE.

SIE WÄRE SELBST- VERSTÄND- LICH EINE HERVORRA- GENDE VOR- GESETZTE.

HAHA...

NATÜRLICH DENKE ICH AUCH, DASS SIE EINE GUTE VOR- GESETZTE WÄRE!!

ICH WÜRDE MICH GLÜCKLICH SCHÄT- ZEN, IHR ZU DIENEN. OB STURMANGRIFF, GEBIETSDEFENSIVE ODER NACHHUT.

WENN SIE MEINE BATAIL- LONSFÜHRERIN WÄRE...

ODER EINE EIN-
HEIT ZU EINEM
GLORREICHEN
SIEG FÜHREN.

SIE WIRD
SICH ALS
SOLDATIN EI-
NEN NAMEN
MACHEN.

NACHDEM ICH
SCHON SO VIELE
OFFIZIERE ERLEBT
HABE, KANN ICH
DAS MIT SICHER-
HEIT SAGEN.

SIE IST EINE
HELDIN, WIE
SIE IM BUCHE
STEHT.

DEGU-
RECHAFF?

MMH.

DAS IST
ALSO TANYA
DEGURECHAFF.

AHA.

ENDE
KAPITEL: 06

DIE KRIEGSGESCHICHTE EINES KLEINEN MÄDCHENS
FORTSETZUNG FOLGT...

GLOSSAR KAPITEL : 04

MILITÄRPOLIZEI

EINE EINHEIT MIT DER BESTIMMUNG, DIE ÖFFENTLICHE SICHERHEIT INNERHALB DER ARMEE AUFRECHTZUERHALTEN. DIE MILITÄRPOLIZEI GENIESST INNERHALB DER ARMEE POLIZEIRECHT, UND TEIL IHRER ARBEIT IST ES, AKTIVITÄTEN ZU KONTROLLIEREN, DIE IM WIDERSPRUCH ZUR MILITÄRORDNUNG STEHEN. SIE IST AUSSERDEM FÜR DIE BEWACHUNG WICHTIGER PERSÖN-LICHKEITEN, VERKEHRSREGELUNG AUF DEM SCHLACHTFELD UND DER KASERNIERUNG VON GEFANGENEN VERANTWORTLICH.

MILITÄRAKADEMIE

EINE UNIVERSITÄT, DIE OFFIZIERSANWÄRTER AUSBILDET. FÜR JEMANDEN, DER KEINEN AB-SCHLUSS DER MILITÄRAKADEMIE HAT, IST ES BEINAHE UNMÖGLICH, AUF EINEN RANG ÜBER DER ADMIRALITÄT BEFÖRDERT ZU WERDEN. BEABSICHTIGT MAN, EINES TAGES EINE ZENTRALE POSITION IM MILITÄR EINZUNEHMEN, KOMMT MAN NICHT UMHER, DIE UNILAUFBAHN EINZU-SCHLAGEN. UM AN EINER MILITÄRAKADEMIE AUFGENOMMEN ZU WERDEN, MUSS MAN VORHER AN DER OFFIZIERSSCHULE HERAUSRAGENDE LEISTUNGEN GESAMMELT HABEN UND DANN EINE STRENGE PRÜFUNG BESTEHEN. ABSOLVENTEN ZÄHLEN ZUR ELITE DES MILITÄRS UND HABEN EINE VIELVERSPRECHENDE ZUKUNFT VOR SICH.
AN DER MILITÄRAKADEMIE ERHÄLT MAN DIE FÜR DEN OFFIZIERSSTAB NOTWENDIGE AUS-BILDUNG. ES WIRD EIN BREITES SPEKTRUM AN FÄCHERN UNTERRICHTET, VON ABHANDLUN-GEN ZUR STRATEGIE UND TAKTIK BIS HIN ZUR KRIEGSGESCHICHTE, WAFFENLEHRE, ETAPPE, SPRACHWISSENSCHAFT, GESCHICHTE ETC.

GEGENANGRIFF

EINE FORM DER VERTEIDIGUNGSTAKTIK, DIE EINGESETZT WIRD, UM ANSTÜRMENDEN FEINDEN ZU BEGEGNEN. DER FEIND WIRD DABEI VERBÜNDETEN TRUPPEN IN ALARMBEREITSCHAFT IN DIE HÄNDE GETRIEBEN, DIE DIESEM AUFLAUERN UND IHN SCHLAGARTIG ATTACKIEREN.

DIE KRIEGSGESCHICHTE
EINES KLEINEN MÄDCHENS

02

VORLAGE: CARLO ZEN, KÜNSTLER: CHIKA TOJO,
CHARAKTERDESIGN: SHINOBU SHINOTSUKI

SPECIAL THANKS

CARLO ZEN

SHINOBU SHINOTSUKI

TAKAMARU

KURI

MIIRA

YAMATATSU

AGATHA

KUUKO

„Tanya the Evil" von Chika Tojo
Aus dem Japanischen von Aminata Estelle Diouf
Originaltitel: „YOUJO SENKI" Vol. 02

Originalausgabe:
YOUJO SENKI 02
©Chika TOJO 2016
©2013 Carlo Zen
First published in 2016 by KADOKAWA CORPORATION, Tokyo.
German translation rights arranged with KADOKAWA CORPORATION, Tokyo
through TOHAN CORPORATION, Tokyo.

Deutschsprachige Ausgabe:
© 2018 Egmont Manga
verlegt durch Egmont Verlagsgesellschaften mbH,
Ritterstraße 26, 10969 Berlin.
safety@egmont.de

8. Auflage 2025

Lektorat: Michael Cheng
Gestaltung: Stefan Gubatz
Printed in the EU

Korrektur: Marcel le Comte
Koordination: Manuela Rudolph
ISBN 978-3-7704-9795-9

Unsere Manga findest Du im Buch- und Fachhandel und auf:
www.egmont-manga.de

www.egmont-shop.de